Bianca™

UNA ESPOSA PERFECTA

Julia James

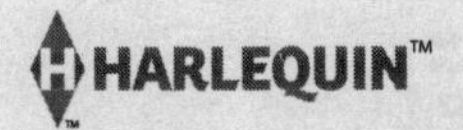

Editado por Harlequin Ibérica.
Una división de HarperCollins Ibérica, S.A.
Núñez de Balboa, 56
28001 Madrid

Una esposa perfecta, n.º 2696 - 1.5.19
Título original: Tycoon's Ring of Convenience
Publicada originalmente por Harlequin Enterprises, Ltd.

I.S.B.N.: 978-84-1307-729-1
Depósito legal: M-10313-2019
Impresión en CPI (Barcelona)
Fecha impresion para Argentina: 28.10.19
Distribuidor exclusivo para España: LOGISTA
Distribuidor para México: Distibuidora Intermex, S.A. de C.V.
Distribuidores para Argentina: Interior, DGP, S.A. Alvarado 2118.
Cap. Fed./Buenos Aires y Gran Buenos Aires, VACCARO HNOS.

Este libro ha sido impreso con papel procedente de fuentes certificadas según el estándar FSC, para asegurar una gestión responsable de los bosques.

Capítulo 1

LA MUJER que veía en el espejo era preciosa. Pelo rubio sujeto en un elegante moño que destacaba el rostro ovalado, luminosos ojos grises acentuados por caros cosméticos, un sutil brillo en los labios. En los lóbulos de la orejas y el cuello, el brillo de las perlas.

Siguió mirándose durante varios minutos, sin pestañear. Luego, abruptamente, se levantó y dio media vuelta, la larga falda del vestido de noche rozando el suelo mientras se dirigía a la puerta del dormitorio. No podía retrasarlo más. A Nikos no le gustaba que le hiciesen esperar.

En su cabeza, en medio de la tristeza de su vida, daba vueltas un antiguo dicho:

«Toma lo que quieras. Tómalo y paga por ello».

Tragó saliva mientras bajaba por la escalera. Bueno, ella había tomado lo que quería y estaba pagando por ello.

Cómo estaba pagando por ello…

Seis meses antes

–¿Te das cuenta de que, con tu insostenible situación económica, no tienes más remedio que vender, Diana?

Ella apretó las manos en el regazo, pero no respondió.

El abogado de la familia St. Clair siguió:

–Lamentablemente, no pagarán lo que vale porque está en malas condiciones, pero deberías conseguir lo suficiente como para poder vivir decentemente el resto de tu vida. Me pondré en contacto con la inmobiliaria y lo pondré en marcha –Gerald Langley sonrió, como intentando animarla–. Sugiero que te tomes unas vacaciones, Diana. Sé que este es un mal momento para ti. La muerte de tu padre ha sido un golpe muy duro… –Gerald frunció el ceño–. Pero tienes que enfrentarte con la realidad. El dinero que recibes anualmente de acciones e inversiones podría pagar el mantenimiento de Greymont. Podrías tener suficiente para las reformas más necesarias, pero el último peritaje que encargaste demuestra que las reparaciones urgentes son más caras de lo que pensábamos. Después de pagar los derechos de sucesión no te quedará dinero para hacerlo y ya no hay obras de arte que vender porque tu abuelo vendió la mayoría de ellas para pagar sus derechos de sucesión y tu padre vendió todo lo demás para pagar los suyos –el hombre hizo una pausa para tomar aire–. De modo que, a menos que te toque la lotería, tu única opción sería encontrar a un multimillonario y casarte con él.

El hombre se quedó mirándola en silencio durante unos segundos y luego siguió con su perorata:

–Como he dicho, me pondré en contacto con la agencia inmobiliaria y…

–No te molestes, Gerald –lo interrumpió Diana, levantándose para dirigirse a la puerta del despacho.

–¿Dónde vas? Tenemos muchas cosas que discutir.

Ella se volvió para mirarlo sin pestañear, intentando esconder sus emociones. Nunca vendería su querida Greymont, que lo era todo para ella. Nunca. Venderla sería una deslealtad hacia sus antepasados y una traición a su padre, al sacrificio que había hecho por ella.

Greymont, pensó, sintiendo una punzada de emoción, le había aportado la seguridad y la estabilidad que necesitaba de niña mientras afrontaba el trauma de la deserción de su madre. Daba igual lo que tuviese que hacer para conservar Greymont, haría lo que fuera necesario.

–No hay nada más que discutir, Gerald. Y en cuanto a qué voy a hacer, ¿no es evidente? –le preguntó, haciendo una pausa–. Voy a buscar un millonario.

Nikos Tramontes estaba en el balcón de su lujosa villa de la Costa Azul, flexionando sus anchos hombros mientras miraba a Nadya, que nadaba lánguidamente en la piscina.

Una vez le había gustado mirarla porque Nadya Serensky era una de las modelos más bellas del mundo y él disfrutaba siendo el único hombre que tenía acceso exclusivo a sus encantos. Su relación con ella había enviado una clara señal al mundo: había llegado a la cima. Había adquirido la enorme riqueza que una mujer como Nadya exigía de los hombres.

Pero ahora, dos años después, sus encantos empezaban a aburrirlo y por mucho que comentase lo buena pareja que hacían, ella con su llameante melena pelirroja y él con su impresionante empaque, la verdad era que había perdido interés.

Además, ahora Nadya estaba dejando caer, continua y descaradamente, que deberían casarse. Pero no tendría sentido casarse con Nadya porque con eso no obtendría nada que no hubiese conseguido ya.

Ahora quería algo más que el estatus de celebridad. Quería dar un paso adelante en la vida, conseguir su próximo objetivo.

Nadya había sido una amante trofeo, la celebración de su llegada al mundo de los más ricos, pero lo que quería ahora era una esposa que completase la imagen que había buscado durante toda su vida.

Su expresión se oscureció, como ocurría siempre que lo invadían los recuerdos. La adquisición de una vasta fortuna y todo lo que iba con ella, desde la villa en el exclusivo Cap Pierre hasta su relación con una de las mujeres más bellas del mundo y todos los lujos que podía permitirse, solo había sido el primer paso en la transformación del hijo ilegítimo, un «inconveniente embarazoso» de sus odiados padres.

Unos padres que lo habían concebido con la egoísta despreocupación de una aventura adúltera para rechazarlo en el momento que nació y endilgárselo a una familia de acogida como si no tuviese nada que ver con ellos.

Bueno, pues él les demostraría que no le habían hecho ninguna falta, que podía conseguir con su propio esfuerzo lo que ellos le habían negado.

Hacerse rico, muy rico, había demostrado que era digno hijo del magnate naviero griego que lo concibió, pero había decidido que su matrimonio debía demostrar que estaba a la altura de su aristócrata madre francesa, capacitándolo para moverse en los mismos círculos sociales que ella, aunque no era más que un hijo indeseado, ilegítimo.

Se dio la vuelta abruptamente para entrar en la habitación. Tales pensamientos, tales recuerdos siempre eran tóxicos, amargos.

Abajo, en la piscina, Nadya salió del agua y miró el desierto balcón haciendo un puchero.

Diana intentaba disimular su aburrimiento mientras los oradores hablaban sobre mercados y normas fiscales, asuntos de los que ella no sabía nada y le importaban menos. Había acudido a aquella cena en uno de los edificios más emblemáticos de Londres porque su acompañante era un antiguo conocido, Toby Masterson.

El hombre con el que estaba pensando casarse.

Porque Toby era rico, muy rico. Había heredado un banco, de modo que podría financiar las reformas de Greymont. Y también era un hombre del que jamás podría enamorarse.

Los ojos grises de Diana se ensombrecieron. Eso era bueno porque el amor era peligroso. Destruía la felicidad de la gente, arruinaba vidas.

Había destruido la vida de su padre cuando su madre los abandonó por un magnate australiano. A los diez años, Diana había descubierto el peligro de amar a alguien a quien no le importaría romperte el corazón, como su madre había roto el corazón de su padre.

Desde ese momento, su padre se había vuelto muy protector con ella. Había perdido a su madre y no iba a permitir que perdiese la casa que tanto amaba, su querida Greymont, el único sitio en el que se había sentido segura tras el abandono de su madre. Su vida había cambiado dramáticamente, pero Greymont era una constante. Su hogar para siempre.

Su padre había sacrificado la oportunidad de encontrar la felicidad en un segundo matrimonio para que ningún otro hijo tuviese prioridad sobre ella, para asegurarse de que ella heredase la casa familiar.

Pero si quería dejar Greymont a sus propios hijos tendría que casarse y, aunque no arriesgaría su corazón, estaba segura de que podría encontrar a un hombre lo bastante compatible con ella como para que el matrimonio fuese soportable.

Siempre había pensado que tendría tiempo para buscar a ese hombre, pero ahora, con su desesperada situación económica, necesitaba un marido rico a toda prisa y no podía ser exigente.

Miró a Toby mientras escuchaba al orador y sintió que se le encogía el corazón.

Toby Masterson era afable y de buen carácter, pero también desesperadamente aburrido y poco atractivo. Aunque no se arriesgaría a casarse con un hombre del que pudiera enamorarse, le gustaría que fuese un hombre con el que el acto de concebir un hijo no le resultase… repulsivo.

Sintió un escalofrío al pensar en el sobrepeso de Toby, en sus rollizas facciones. No era su intención ser cruel, pero sabía que sería desagradable soportar sus torpes abrazos…

«¿Podría soportar eso durante años y años, décadas?».

Intentando pensar en otra cosa miró a los invitados a la cena, los hombres de esmoquin, las mujeres con vestidos de noche.

Y, de repente, en medio del mar de gente su mirada se centró en uno en concreto. Un hombre cuyos ojos oscuros estaban clavados en ella.

Nikos se arrellanó en la silla, con una copa de coñac en la mano, indiferente al orador que hablaba sobre mercados y normas fiscales que él ya conocía. No estaba pensando en eso sino en la mujer que sería su esposa trofeo. La mujer que, ahora que había conseguido una fortuna que podría rivalizar con la de su odiado padre, sería el medio para entrar en la élite social de su aristocrática, pero desalmada madre para demostrarse a sí mismo, al mundo y, sobre todo, a sus padres, que su indeseado hijo había triunfado sin ellos.

Nikos frunció el ceño. El matrimonio debía ser un compromiso de por vida, ¿pero quería él eso? Después de dos años, había empezado a aburrirse de Nadya. ¿Quería un matrimonio de por vida o cuando consiguiera una esposa trofeo, y su lugar en el mundo, podría librarse de ella?

No habría amor en la relación porque esa era una emoción desconocida para él. Nunca había amado a Nadya, ni Nadya a él, sencillamente se utilizaban el uno al otro. La pareja que lo había criado tampoco lo había querido. No eran malas personas, simplemente desinteresados, y no mantenía contacto con ellos.

En cuanto a sus padres biológicos… Nikos torció el gesto. ¿Habrían creído que su sórdida aventura adúltera era amor?

Pero le amargaba pensar en ellos y volvió a pensar en su esposa trofeo. Primero, pensó, tendría que cortar su relación con Nadya, que estaba en un desfile de moda en Nueva York. Se lo diría con tacto, agradeciéndole el tiempo que habían pasado juntos.

Le haría un regalo de despedida, sus esmeraldas favoritas, y le desearía lo mejor en la vida. Sin duda, ella estaba preparada para ese momento y ya tendría preparado un sucesor.

Como él estaba planeando elegir a la siguiente mujer de su vida.

Nikos relajó los hombros y tomó un sorbo de coñac. Había ido a Londres en viaje de negocios y había acudido a aquella cena para hacer contactos. Miraba perezosamente de unos a otros, identificando a aquellos con los que le interesaba hablar cuando el tedioso orador terminase su perorata.

Estaba dejando la copa sobre la mesa cuando su mirada se clavó en un rostro. Una mujer sentada a unos metros de él.

Era extraordinariamente bella, con un estilo diferente a las fogosas y dramáticas facciones de Nadya. Aquella mujer era rubia, con el pelo sujeto en un elegante moño francés, pálida, con una complexión de alabastro, ojos claros, una boca perfecta destacada por un carmín de color discreto. Parecía remota, ausente, su belleza helada.

Una doncella de hielo que parecía decir: «mirar, pero no tocar».

Inmediatamente, eso era lo que Nikos quería hacer. Acercarse a ella, acariciar ese rostro de alabastro y sentir el frío satén de la pálida piel bajo sus dedos, deslizar los pulgares sensualmente por sus labios, ver la reacción en esos ojos claros, hacer que la helada mirada se derritiese.

La intensidad de ese impulso lo sorprendió y, sin darse cuenta, apretó la copa de coñac. Una esposa trofeo era lo siguiente en su lista de objetivos, pero no tenía por qué buscarla inmediatamente. No había ninguna razón para no disfrutar de una aventura temporal antes de buscar esposa.

Y acababa de encontrar a la mujer ideal para ese papel.

Haciendo un esfuerzo, Diana apartó la mirada del extraño y, por fin, el orador terminó su discurso.

–Menos mal –dijo Toby–. Siento haberte hecho soportar esta monserga.

Ella esbozó una amable sonrisa, pensando en el hombre que la miraba desde el otro lado del salón. La imagen parecía grabada en su cabeza.

Moreno, de piel bronceada, espeso pelo negro rozando su frente, pómulos altos, nariz recta y una boca de esculpido contorno que la perturbaba, pero no tanto como los ojos oscuros que se habían clavado en ella.

Seguía mirándola, aunque ella se negaba a hacerlo. No se atrevía.

Su corazón se aceleró, como si hubiera recibido una inyección de adrenalina. Ella estaba acostumbrada a que los hombres la mirasen, pero no a reaccionar de esa manera.

Miró a Toby con urgencia. El familiar, afable Toby, con su rostro mofletudo y su gruesa figura. En comparación con el hombre que la miraba, el pobre Toby Masterson parecía más incongruente que nunca.

Diana apartó la mirada, con el corazón encogido. ¿De verdad podía casarse con él solo porque era rico?

Pero si no era Toby, ¿quién podía ser? ¿Quién salvaría Greymont?

«¿Dónde puedo encontrarlo y cuánto tardaré en hacerlo?».

Estaba siendo más difícil de lo que había pensado y el tiempo se terminaba…

Cuando por fin acabaron los discursos el ambiente en el salón se animó y los invitados empezaron a mezclarse. Nikos estaba hablando con el anfitrión y señaló a la mujer que había despertado su interés. La doncella de hielo.

–¿Quién es la rubia?

–No la conozco, pero está con Toby Masterson, del banco Masterson Dubrett. ¿Quieres que te la presente?

–¿Por qué no?

Nada en su breve inspección indicaba que su acompañante fuese algo más que eso, una impresión que fue confirmada cuando los presentaron.

–Toby Masterson, Nikos Tramontes, de Financiera Tramontes. Nikos tiene intereses en muchos negocios. Tal vez alguno podría interesarte y viceversa –dijo su anfitrión antes de dejarlos solos.

Nikos charló con Masterson durante unos minutos sobre temas anodinos que solo interesarían a un banquero londinense y luego miró a su acompañante.

La doncella de hielo no estaba mirándolo. Hacía un esfuerzo para no mirarlo y se alegró. Las mujeres que mostraban interés por él lo aburrían. Nadya se había hecho la dura porque conocía su propio valor como una de las mujeres más bellas del mundo, cortejada por muchos hombres. Pero no creía que la doncella de hielo estuviese jugando a ese juego. No, su reserva era genuina.

Y eso incrementó su interés por ella.

–Diana, te presento a Nikos Tramontes.

Ella se vio obligada a mirarlo, sin expresión en sus ojos grises. Estudiadamente sin expresión.

–Encantada, señor Tramontes –lo saludó con el frío tono de las familias inglesas de clase alta y la más breve sonrisa de cortesía.

Nikos esbozó una sonrisa igualmente amable.

–¿Cómo está, señorita…?

–St. Clair –se apresuró a decir Masterson.

–Señorita St. Clair.

Su expresión era helada, pero en lo profundo de sus claros ojos grises le pareció ver un repentino velo, como si estuviera ocultándose de su inspección. Eso era bueno, pensó. Demostraba que, a pesar de su expresión glacial, era receptiva.

Satisfecho, siguió charlando con Toby Masterson sobre las últimas maniobras de Bruselas y el estado de la economía griega.

–¿Eso le afecta? –le preguntó Masterson.

–No, a pesar de mi apellido, la sede de mi empresa está en Mónaco. Tengo una villa en Cap Pierre –respondió Nikos, mirando a Diana St. Clair–. ¿Le gusta el sur de Francia, señorita St. Clair?

Era una pregunta directa a la que tenía que responder. Tenía que mirarlo.

–No suelo salir de Inglaterra –se limitó a decir.

La vio tomar la copa y llevársela a los labios, como para no tener que seguir hablando, pero su mano temblaba ligeramente mientras volvía a dejarla sobre la mesa y Nikos disimuló una sonrisa. El hielo no era tan grueso como ella quería dar a entender.

–Los St. Clair tienen una finca espectacular en el

campo, en Hampshire. Greymont –le informó Masterson–. Una mansión del siglo XVIII.

«¿Ah, sí?».

Nikos la miró con renovado interés.

–¿Conoce Hampshire? –le preguntó Toby Masterson.

–No, no lo conozco –respondió él, sin dejar de mirar a Diana St. Clair–. ¿Greymont ha dicho que se llama?

Por primera vez, vio un brillo de emoción en sus ojos; un brillo que pareció atravesarlo y que le dijo, con toda seguridad, que tras la fachada de hielo había una mujer muy diferente, una mujer capaz de sentir pasión.

El brillo desapareció un segundo después, pero dejó un residuo que, por un momento, le pareció una chispa de desconsuelo.

–Así es –murmuró ella.

Nikos tomó nota. Podría tener más información sobre ella al día siguiente. Diana St. Clair, de Greymont, Hampshire. ¿Qué clase de sitio sería? ¿Qué clase de familia eran los St. Clair? ¿Y qué otro interés podría tener Diana, aparte del delicioso reto de fundir a la doncella de hielo?

Era bellísima y le gustaría que se derritiese entre sus brazos, en su cama… ¿pero podría ser algo más que una breve aventura?

Su investigación revelaría si era así.

Por el momento, había despertado su interés y sabía con total certeza que también ella estaba interesada, aunque intentase disimular.

Se despidió poco después, sugiriendo un futuro encuentro para hablar de negocios en una fecha indeterminada.

Mientras se alejaba, estaba de buen humor. Con o sin un más profundo interés por ella, la doncella de hielo estaba a punto de ser suya. Pero en qué términos, aún no lo había decidido.

Empezó a pensar cuál sería el siguiente paso…

Capítulo 2

DIANA subió al taxi y dejó escapar un suspiro de alivio. A salvo por fin.

A salvo de Nikos Tramontes, del poderoso e inquietante impacto de su mirada. Un impacto al que no estaba acostumbrada y que la había turbado profundamente. Había hecho lo posible por ignorarlo, pero un hombre tan apuesto no estaría acostumbrado a desaires, más bien a conseguir siempre lo que quería de las mujeres.

«Pero de mí no porque no tengo el menor interés por él».

Diana sacudió la cabeza, como para apartar la turbadora imagen del extraño. Tenía cosas más importantes de las que preocuparse porque ahora sabía, resignada, que no podía casarse con Toby.

¿Pero qué otra solución había para salvar su querido hogar?

Durante los días siguientes, en Londres, la situación empeoró. El banco le negó un préstamo y las casas de subastas confirmaron que no quedaba nada que mereciese la pena vender. De modo que, cuando Toby la llamó para invitarla a la ópera, recibió la invitación con poco entusiasmo.

La nota suplicante en el tono de Toby ablandó su

corazón y, a regañadientes, aceptó la invitación para acudir a una representación del *Don Carlos* de Verdi.

Pero cuando llegó a Covent Garden deseó haberla rechazado.

–Te acuerdas de Nikos Tramontes, ¿verdad? –le preguntó Toby–. Es nuestro anfitrión esta noche.

Diana intentó disimular su consternación. Tenía tantos problemas que había conseguido olvidarse de él y de la extraña reacción que había provocado en ella, pero allí estaba de nuevo, tan turbadoramente atractivo como unos días antes.

Iba con una pareja y enseguida reconoció al hombre que los había presentado durante la cena. Con él iba su mujer, Louise Melmott, que la llevó aparte cuando los hombres empezaron a hablar de negocios.

–Vaya, vaya –dijo en tono de complicidad, mirando con admiración a Nikos Tramontes–. Desde luego, es guapísimo. No me extraña que Nadya Serensky haya estado con él tanto tiempo. Eso y su dinero, claro.

Diana la miraba sin entender y Louise se apresuró a explicárselo:

–Nadya Serensky, la supermodelo. Son pareja desde hace tiempo.

Esa era una buena noticia, pensó Diana. Tal vez solo había imaginado que Nikos Tramontes la miraba con deseo.

«Tal vez estoy exagerando».

Exagerando porque era extraño que un hombre la afectase tan profundamente. Sí, debía ser eso. Mientras tomaba un sorbo de champán intentó recordar si alguna vez en su vida había reaccionado así con otro hombre y no se le ocurría ninguno. Porque ella no se dejaba afectar por los hombres. Se había entrenado durante toda su vida para no hacerlo.

Los pocos hombres con los que había salido siempre la habían dejado fría y solo había permitido algún tímido beso de buenas noches. Solo con uno, en la universidad, había decidido probar si era posible tener una relación sin excesiva pasión.

Había descubierto que así era, pero solo para ella. Su falta de entusiasmo había sido desalentadora para su novio, empujándolo a los brazos de otra mujer. Aunque no le había dolido, solo había confirmado que hacía bien en proteger su corazón. Perderlo era tan peligroso. El celibato era mucho más sensato y seguro.

Claro que siendo célibe no encontraría un marido lo bastante rico como para salvar Greymont. Si de verdad estaba contemplando tan drástica solución.

Intentó apartar de sí esos pensamientos. Al día siguiente iría a Greymont para repasar de nuevo sus finanzas y recibir los últimos presupuestos para los trabajos más esenciales. Pero, por el momento, disfrutaría de una noche sin preocupaciones en Covent Garden.

Y tampoco se preocuparía por la turbadora presencia de Nikos Tramontes. Si tenía una novia supermodelo, no estaría interesado en otras mujeres, incluida ella.

Se dirigieron al palco mientras la orquesta afinaba sus instrumentos. Los espectadores más elegantes tomaban asiento en el patio de butacas y los menos elegantes estaban apiñados como sardinas en la galería.

Diana levantó la mirada con cierta tristeza. El mundo la veía como una persona privilegiada. Y lo era, pero ser la propietaria de Greymont entrañaba muchas responsabilidades. La primera de ellas, evitar que se desmoronase por culpa de la humedad...

–Permítame.

Diana dio un respingo al escuchar la voz profunda de Nikos Tramontes, que estaba apartando una silla para que tomase asiento antes de colocarse tras ella.

Nikos miró el perfil de la mujer cuya presencia allí esa noche había orquestado y que, según el informe que había pedido, podría ser algo más que una mera aventura.

Al parecer, además de una glacial belleza, Diana St. Clair también poseía otros atributos que convenían a sus propósitos. La señorita St. Clair había heredado de su padre una mansión del siglo XVIII y el estatus social que confería tal propiedad.

Era una familia antigua, sin título nobiliario, pero con pedigrí, blasones, escudos de armas y todas las florituras heráldicas que iban con ese estatus: tierras, antiguas posesiones y matrimonios con familias parecidas, incluyendo algunas pertenecientes a la nobleza. Una compleja red de parentesco y contactos con las clases altas, impenetrable para los extraños.

Salvo por un medio.

El matrimonio.

Nikos miró su expresión velada. ¿Sería Diana St. Clair su esposa trofeo? Era una idea tentadora. Tan tentadora como la propia Diana.

Siguió mirándola, disfrutando de la contemplación de aquella mujer con la que podría conseguir lo que más ansiaba en la vida.

Para alivio de Diana, la dramática música de Verdi parecía transportarla y hacerla olvidar que Nikos Tramontes estaba sentado tras ella. Media hora después, durante el entreacto, salieron del palco y se mezclaron con otros espectadores para tomar una copa de champán, como era la tradición.

–El auténtico don Carlos de España seguramente estaba loco –les contó Louise Melmott, que conocía la ópera y su dudosa relación con la verdadera historia–. Y no hay pruebas de que estuviese enamorado de la mujer de su padre, el rey.

–Entiendo que Verdi rescribiese la historia –comentó Diana–. Un trágico amor desventurado suena mucho más romántico.

Estaba haciendo lo posible por mostrar entusiasmo, especialmente sabiendo que Toby no tenía el menor interés por la ópera.

–Elisabeth de Valois era la mujer de otro hombre. No hay nada romántico en el adulterio.

El tono de Nikos Tramontes era cortante y Diana levantó la mirada, sorprendida.

–La ópera no es realista. Además, es lógico sentir compasión por el sufrimiento de la pobre reina, atrapada en un matrimonio sin amor.

–¿Usted cree?

¿Estaba siendo sarcástico? Diana sintió que le ardían las mejillas. La conversación continuó, pero se encontraba incómoda, como si hubiese votado a favor del adulterio, aunque en realidad solo había sido un comentario insustancial.

Nikos Tramontes no dejaba de mirarla y en sus ojos oscuros le pareció ver un brillo de melancolía, en contradicción con lo sofisticado y seguro de sí mismo que se había mostrado hasta ese momento.

Pero no tenía nada que ver con ella y, además, no volvería a verlo después de esa noche.

Cuando la larga ópera terminó por fin y se había despedido de Toby, diciéndole que volvía a Hampshire al día siguiente, descubrió que Nikos Tramontes estaba a su lado.

–Permítame que la lleve –le dijo, abriendo la puerta de un coche aparcado frente al teatro.

–No, gracias, puedo ir en taxi.

–No será fácil encontrar uno y está a punto de llover –insistió él.

Sería absurdo protestar, de modo que Diana subió al coche y, con desgana, le dio la dirección del hotel en el que su padre y ella solían alojarse cuando iban a Londres.

En el asiento trasero, separados del conductor por una pantalla de cristal, Nikos Tramontes estaba incómodamente cerca.

–Me alegro de que le haya gustado la ópera –empezó a decir, estirando sus largas piernas–. Tal vez le gustaría venir conmigo en alguna ocasión. A menos que ya haya visto todas las representaciones de la temporada.

Diana se puso tensa. Como había sospechado, estaba tonteando con ella a pesar de su relación con Nadya Serensky.

–No, me temo que no –respondió.

–¿No las ha visto todas?

Ella negó con la cabeza. La oscuridad en el interior del coche, apenas iluminado por las luces de las farolas y los escaparates mientras iban hacia la plaza de Trafalgar, escondía su expresión.

–No quería decir eso –respondió, intentando que su voz sonase firme.

Nikos Tramontes enarcó una ceja.

–¿Masterson?

–No, pero… –Diana tomó aire–. Paso muy poco tiempo en Londres, de modo que sería absurdo aceptar una invitación. De cualquier tipo.

No dijo nada más, pero pensó que mostrar desaprobación por un caso de adulterio ficticio en una ópera para luego pedirle que saliese con él era una hipocresía. Al parecer, el señor Tramontes no tenía reparos en engañar a su novia.

–¿Y sabe de qué tipo es mi invitación? –le preguntó él, con un brillo burlón en los ojos oscuros.

–No necesito saberlo, señor Tramontes. Solo estoy dejando claro que no vengo a menudo a Londres y no tendré oportunidad de ir a la ópera, ni con usted ni con nadie.

–¿Vuelve a Hampshire?

–Sí, indefinidamente. No sé cuándo volveré a Londres –respondió ella, con intención de dejar claro que no estaba disponible.

–Lo entiendo.

Diana se sintió aliviada. Estaba echándose atrás. A pesar de ello, su corazón latía acelerado. Tal vez porque estaban tan cerca, demasiado cerca.

Luego, por suerte, el conductor giró en Piccadilly y enseguida llegaron al hotel. El portero abrió la puerta del coche y Diana se despidió.

–Buenas noches, señor Tramontes. Gracias por la invitación y por traerme al hotel.

Salió del coche y desapareció en el vestíbulo sin darle tiempo a responder. Nikos la observó desde el interior del coche. Era un hotel de renombre que frecuentaban los provincianos ricos cuando iban a

Londres y, sin duda, varias generaciones de St. Clair lo habrían frecuentado.

El chófer lo llevó a su hotel, más lujoso que el de Diana. ¿Habría rechazado su invitación por Nadya? Había oído a Louise Melmott mencionar su nombre. Si era así, se alegraba. Eso demostraba que Diana era exigente con los hombres.

No le había gustado su aparente tolerancia a la trama de *Don Carlos*, pero no parecía ser así en la vida real. Y era esencial que no fuera así.

«Mi esposa no consentiría un adulterio. Aunque sea de alta cuna, no se parecerá a mi madre».

¿Esposa? ¿De verdad estaba viendo a Diana St. Clair como su esposa? Y si era así, ¿cómo podría convencerla para que aceptase? ¿Qué podría deshacer esa helada reserva suya?

¿Qué la haría receptiva a sus atenciones?

Fuese lo que fuese, lo encontraría y lo usaría.

Greymont estaba tan hermosa como siempre, especialmente bajo el sol, que ayudaba a disimular las zonas en las que la mampostería estaba hundiéndose a causa de la humedad. La parte del tejado que debía ser remplazada era invisible tras el antepecho y…

Diana experimentó una oleada de emoción. Greymont significaba para ella más que nada o nadie en el mundo. Los St. Clair habían vivido allí durante trescientos años. Era su hogar. Cada generación se lo había confiado a la siguiente, pensó con los ojos empañados. Su padre se lo había confiado a ella, dejando a un lado sus esperanzas y su propia felicidad para que ella lo heredase. Había perdido a su madre y él se había encargado de que no perdiese su hogar.

Renunciar a Greymont, entregársela a unos extraños, sería una imperdonable traición a su padre. No, no podía venderla y haría lo que fuese necesario para conservarla.

Entró en el amplio vestíbulo y miró la escalera de mármol, las molduras en las paredes, los techos delicadamente pintados y la chimenea de mármol blanco, fragmentado en algunas zonas. Todo necesitaba reformas. En las paredes quedaban algunos retratos familiares de artistas poco distinguidos, pero todo era tan familiar para ella como su propio cuerpo.

Arriba, en su habitación, se dirigió a la ventana para mirar los jardines y el parque. Todo tenía un aire de abandono, pero los jardines, con la ornamental fuente de piedra que no funcionaba, los caminos y las pérgolas que separaban el jardín del parque eran tan bonitos como lo habían sido siempre. Tan queridos y preciosos para ella.

Diana experimentó un feroz sentimiento de protección mientras respiraba el fresco aroma del campo, pero le costó abrir la ventana porque el marco estaba abombado por la humedad y la pintura empezaba a pelarse.

Mientras su padre estaba enfermo ni siquiera habían hecho los rutinarios trabajos de mantenimiento porque el ruido y el polvo lo habrían perturbado demasiado. Pero el peritaje que había encargado cuando murió reveló que los problemas eran más graves de lo que temía.

Necesitaba un tejado nuevo, remplazar docenas de marcos de ventanas, cambiar las maderas podridas del suelo, arreglar chimeneas derrumbadas, daños causados por la humedad, nuevo cableado eléctrico, fontanería, pintura, calefacción…

La lista de los trabajos más importantes era interminable. Como lo era la lista de mejoras en la decoración, desde reparar los tapices a cambiar las cortinas y arreglar los muebles.

Y luego estaban las necesarias reformas en los establos y cobertizos. Pintura pelada, tejados deteriorados, adoquines rotos.

Y no quería ni pensar en los trabajos de jardinería.

Diana dejó caer los hombros. Había tanto que hacer y todo era tan caro. Suspiró, mientras empezaba a sacar las cosas de su maleta. Había reducido al mínimo el número de empleados, solo los Hudson y las limpiadoras del pueblo, más un jardinero y su ayudante. Su padre prefería una vida tranquila, aunque eso hubiera contribuido al descontento de su esposa, y se había vuelto casi un recluso cuando ella lo abandonó.

También ella prefería una vida sencilla y le encantaba ayudarlo a escribir la historia de la familia St. Clair, llevar la correspondencia con la red de contactos familiares y compartir sus paseos diarios por el parque. En resumen, ser la señora de Greymont en ausencia de su madre.

Solo se veían con familias de la zona, sobre todo sir John Bartlett y su esposa, los mejores amigos de su padre. Ella había sido más activa y visitaba a viejos amigos del colegio o la universidad, viéndose con ellos en Londres de cuando en cuando. Pero no le gustaban las fiestas, prefería las cenas o ir al teatro y la ópera con amigos cuidadosamente seleccionados, los que aceptaban que no tenía ningún interés en romances.

En su cabeza apareció de repente la imagen del hombre que había puesto a prueba esa doctrina, pero la apartó, enfadada. Su ridícula reacción ante Nikos Tramontes era irrelevante. No volvería a verlo y tenía cosas más urgentes en las que pensar.

Tomando aire, bajó a la biblioteca y se sentó frente al escritorio de su padre. El correo se había acumulado durante su ausencia y, dejando escapar un suspiro de resignación, empezó a abrir cartas. Ninguna buena noticia, por supuesto. Al contrario, más presupuestos de obras que no podía pagar para restaurar Greymont.

De algún modo tenía que encontrar el dinero que necesitaba, pensó, con el corazón encogido.

Pero no casándose con Toby Masterson. No, no podía pasar el resto de su vida con él.

Diana sintió una punzada de vergüenza. No había sido justo pensar en él solo como una solución a sus problemas.

Tendría que escribirle una carta dándole las gracias por su amabilidad y dejando claro que entre ellos no podía haber nada más.

Pero cuando empezó a escribir la carta era otra cara la que veía, muy diferente a las facciones regordetas de Toby. Un rostro de facciones marcadas y unos ojos oscuros que aceleraban su pulso…

Diana intentó apartar esa imagen de su mente. Aunque Nikos Tramontes no tuviese una relación con una supermodelo, un hombre como él solo querría una aventura para divertirse mientras estaba en Londres.

«¿Y de qué me serviría a mí eso?».

De nada. Nada en absoluto.

Nikos conducía con cuidado, intentando evitar los baches en el camino flanqueado por castaños hasta que Greymont apareció ante sus ojos.

Con una fachada de piedra del siglo XVIII, un bloque central con dos alas simétricas, estaba situada sobre una pendiente, con grandes jardines y tierras de cultivo. Todo enmarcado por un bosque ornamental, una clásica finca de la nobleza británica.

Un recuerdo lo golpeó entonces, cruel y doloroso. El recuerdo de otra casa en otro país. Un *château* en el corazón de Normandía construido con piedra de Caen, con torres en las esquinas al estilo francés.

Había entrado por la puerta principal. Había sido recibido.

Pero no bienvenido.

–Tienes que irte. Mi marido volverá pronto y no debe encontrarte aquí.

La mujer, elegantemente vestida con un traje de alta costura, no le abrió los brazos. Lo rechazó, negándose a mirarlo a los ojos.

–¿Eso es todo lo que tienes que decirme?

Esa había sido su pregunta, su demanda.

–Tienes que irte –había repetido su madre.

Nikos había mirado la inmaculada decoración del salón, los cuadros de inestimable valor, los exquisitos muebles estilo Luis XV. Eso era lo que ella había elegido, eso era lo que valoraba. Y el precio que había tenido que pagar por ello era él, su hijo ilegítimo. En realidad, era Nikos quien había tenido que pagar.

Experimentó una punzada de amargura y una emoción aún más fuerte a la que no podía poner nombre y que negaría haber sentido.

Haciendo un esfuerzo, apartó el recuerdo de su mente mientras detenía el coche para mirar alrededor.

Sí, lo que veía le gustaba. Greymont, el antiguo hogar de los St. Clair y todo lo que iba con él, serviría para conseguir sus propósitos. Pero no estaba allí solo por eso. Podría haber comprado la finca, pero ese no era su objetivo.

Sabía cómo conseguir lo que quería, lo que haría que Diana St. Clair fuese receptiva. Sabía bien lo que ella deseaba más que nada, lo que necesitaba. Y estaba dispuesto a ofrecérselo en bandeja de plata.

De modo que volvió a arrancar y se dirigió hacia la casa.

Capítulo 3

EL SEÑOR Tramontes? –exclamó Diana, incrédula, cuando Hudson le informó de tan inesperada visita.

¿Qué diantres hacía Nikos Tramontes en Greymont?

Sorprendida, y sintiendo mariposas en el estómago, entró en la biblioteca y encontró a su visitante mirando los tomos forrados en las estanterías. Cuando se dio la vuelta, sintió un indeseado traqueteo de su corazón.

Había pasado una semana desde que se vieron en Londres, pero su imponente figura le recordó la noche en Covent Garden. En esa ocasión, con un traje de chaqueta oscuro, inmaculada camisa blanca y discreta corbata azul, estaba tan apuesto e interesante como con el esmoquin.

Le molestaba que su pulso se hubiese acelerado y luchó para recuperar la calma. Pero fracasó.

–Señorita St. Clair –dijo él, dando un paso adelante para ofrecerle su mano, que ella estrechó a toda prisa–. Siento haber venido sin avisar, pero hay un asunto que me gustaría discutir con usted… un asunto que sería beneficioso para los dos.

Diana se sentó en el viejo sofá de piel frente a la chimenea y señaló el sillón de su padre mientras pulsaba el antiguo tirador de la campanilla. Hudson apareció un segundo después y le pidió que sirviera café.

Cuando volvieron a quedarse solos, miró directamente a su inesperado visitante.

–No puedo imaginar qué podría beneficiarnos mutuamente, señor Tramontes.

No pensaría volver a hacerle proposiciones, ¿no?

Él sonrió, cruzando una larga pierna sobre otra en un gesto de propiedad que la enfureció.

La entrada de Hudson con el café fue una bienvenida distracción y Diana se ocupó en servirlo, mirando a Nikos Tramontes solo para preguntar cómo lo tomaba.

–Solo, sin azúcar –respondió él, tomando la taza. Pero no lo probó. En lugar de eso, miró el alto techo y las estanterías llenas de libros antes de volver a mirarla–. Esta es una casa excepcional, señorita St. Clair. Entiendo que no quiera venderla.

Ella dio un respingo. ¿Cómo se atrevía a hacer tal comentario? No era asunto suyo.

–No ha sido difícil descubrir las circunstancias de su herencia y tengo ojos en la cara –agregó él, con una sonrisa–. Puede que no esté familiarizado con las casonas inglesas, pero un camino lleno de socavones, los ladrillos hundiéndose bajo el tejado, unos jardines que necesitarían un ejército de jardineros... –Nikos Tramontes tomó un sorbo de café y dejó la taza sobre la mesa que su padre había usado diariamente para leer el periódico–. Entiendo su interés por Toby Masterson, un hombre con un banco a su disposición.

Diana lo miró, indignada.

–Señor Tramontes, no creo que… –empezó a decir con voz helada.

Pero él levantó una mano para pedir silencio. Como si fuese una niña en el despacho del director del colegio.

–Escúcheme, por favor.

Nikos hizo una pausa para estudiarla. Iba vestida de modo informal, sin joyas, con un pantalón verde oscuro bien cortado y un jersey de un verde más claro. No llevaba una gota de maquillaje, pero su pálida belleza seguía impactándolo tanto como la primera vez que la vio. Y su manifiesta indignación solo servía para interesarlo aún más.

–Entiendo su problema y creo tener una solución –le dijo, mirándola a los ojos con una expresión de simpatía que la hizo recelar–. Lo que voy a proponerle, señorita St. Clair, es algo que le resultará familiar. Estoy seguro de que muchos de sus antepasados optaron por una solución similar. Aunque en nuestros días, afortunadamente, la solución puede ser menos… irreversible –empezó a decir. Una vez que pusiera las cartas sobre la mesa Diana lo echaría a patadas o aceptaría su proposición–. Usted desea conservar la propiedad de su familia, pero dada la cuantía de los derechos de sucesión y el alto coste de las reformas en los edificios históricos, necesitará una gran cantidad de dinero. Tal vez más del que usted puede permitirse.

La expresión de Diana era glacial, pero eso no lo molestó. Al contrario, le hizo pensar cuánto lo atraía su escultural y helada belleza. El contraste entre la doncella de hielo y los arrebatos de Nadya jugaba a favor de Diana St. Clair. Era todo lo opuesto a su amante y eso era útil para él.

–Sé que había tomado en consideración, y rechazado, a Toby Masterson como solución a sus problemas. Pues bien, yo la invito a contemplar otro candidato –Nikos hizo una deliberada pausa, sin dejar de mirarla a los ojos–. Yo mismo –agregó después de unos segundos.

Diana contuvo el aliento.

–¿Se ha vuelto loco? –le espetó.

–No, en absoluto –respondió él, impasible–. Esta es mi proposición, pero debo aclarar inmediatamente que mi relación con Nadya Serensky ha terminado. He mantenido con ella una relación de dos años, pero ahora quiero algo y a alguien diferente. Usted, señorita St. Clair, cumple todos los requisitos y yo también cumplo todos los suyos. O eso espero.

Ella abrió la boca para protestar, pero ni una sola palabra salió de su garganta. ¿Qué podía decir como respuesta a tan descarada e increíble proposición?

–Lo que quiero en este momento de mi vida es una esposa –siguió Nikos Tramontes con toda tranquilidad–. Nadya era inapropiada para ese papel, pero usted… –sus ojos oscuros se clavaron en ella, ilegibles y opacos y, sin embargo, como si pudiesen leer en su alma–. Es usted perfecta para ese papel, como yo soy perfecto para usted.

Diana lo miraba, incrédula y ridículamente emocionada.

–No puede hablar en serio.

–¿Por qué no? De ese modo, cada uno daría al otro lo que quiere –Nikos miró alrededor–. Yo quiero ser parte de este mundo suyo, el mundo de casas como estas, de gente como usted. Podría comprar una casa, pero eso no serviría a mi propósito. Sería un extraño, un recién llegado –le explicó, sintiendo una familiar amargura–. Lo que quiero es formar parte de todo esto por medio del matrimonio, la única forma de ser aceptado en este mundo suyo. En cuanto a qué conseguiría usted, es muy sencillo: yo podría pagar las reformas necesarias para que este magnífico edificio recuperase su antigua gloria. Así que ya ve –Nikos esbozó una sonrisa–. Somos perfectos el uno para el otro.

Diana tuvo que aclararse la garganta.

–Nos hemos visto dos veces. Es usted un extraño para mí y yo para usted.

Él se encogió de hombros.

–Eso tiene fácil remedio. Nuestro compromiso puede durar el tiempo que usted quiera, hasta que se encuentre cómoda conmigo y con la situación. No estoy sugiriendo que vivamos juntos para siempre. Dos años como máximo, quizá menos –le dijo, tomando otro sorbo de café–. Lo suficiente para que cada uno consiga lo que quiere. Al contrario que sus antepasados, nosotros podemos romper nuestro matrimonio y separarnos cuando nos parezca conveniente –agregó, dejando la taza sobre la mesa–. Bueno, ¿cuál es su respuesta?

Diana se quedó en silencio. Aquello no podía estar pasando. Aquel extraño no podía haber ido a su casa para sugerir que contrajesen matrimonio.

«Cásate con él y salvarás Greymont».

Eso era exactamente lo que ella había estado contemplando. Incluso le había dicho a Gerald Langley que lo haría. De verdad había pensado casarse con Toby, pero se había echado atrás.

«Nikos Tramontes solo te quiere durante dos años».

Dos breves años de su vida.

–¿Ha dicho dos años? –le preguntó.

Él asintió con la cabeza, escondiendo una sonrisa de triunfo. Que le hubiera hecho esa pregunta dejaba claro que se sentía tentada.

–Yo creo que eso sería suficiente, ¿no?

Lo sería para él, no solo porque cuando se separasen habría conseguido el estatus social que buscaba sino porque, a juzgar por su relación con Nadya, después de dos años se habría aburrido. Pero tener a Diana St. Clair en su vida, en su cama, durante dos años sería perfectamente aceptable.

Nikos admiró su belleza, la palidez de su rostro en reacción a su proposición. Seguía un poco aturdida, pero ya no parecía indignada.

–¿Y bien?

–Necesito tiempo –respondió ella–. No puedo...

No terminó la frase, sintiendo como si un tornado la hubiese levantado del sofá.

–Entiendo que necesita tiempo para pensarlo –asintió él. Cuando se levantó, su metro ochenta y cinco parecía dominarla–. Me voy a Zúrich mañana, pero volveré a finales de la semana que viene. Puede darme su respuesta entonces. Mientras tanto, si quiere hacer alguna pregunta puede llamarme o enviarme un correo.

Diana lo vio sacar una tarjeta del bolsillo que dejó sobre el escritorio de su padre antes de volverse hacia ella con una sonrisa en los labios.

–No me mires con esa cara de sorpresa, Diana –le dijo, tuteándola por primera vez–. Esto podría funcionar para los dos. Solo sería un matrimonio de conveniencia. La gente se casaba así en el pasado y siguen haciéndolo, aunque no lo admitan.

Luego dio media vuelta para salir de la biblioteca y Diana oyó sus pasos, la puerta abriéndose y cerrándose de nuevo, el ruido del motor de un coche. Su corazón latía acelerado y no era solo por la bomba que Nikos Tramontes acababa de soltar.

«Cuando sonríe y me llama por mi nombre…».

Por razones que no podía entender, Nikos Tramontes parecía tener la habilidad de turbarla, de hacerla consciente de su masculinidad, de su propia feminidad. No sabía por qué o cómo, solo sabía que era peligroso.

«No quiero reaccionar así ante él».

Pero Nikos Tramontes había aparecido de repente en su vida y había puesto ante ella justo lo que necesitaba: la forma de salvar Greymont.

Era un completo extraño, pero podrían conocerse durante el compromiso. El anuncio la había dejado perpleja, pero como él había dicho, los matrimonios de conveniencia habían sido la norma entre sus antepasados. Y el suyo sería breve, solo dos años. No sería el compromiso de por vida que hubiera requerido un matrimonio con Toby.

«¿Por qué no se parece a Toby, grueso y con la cara rechoncha? Eso sería mucho mejor, mucho más seguro».

Mucho más seguro que los alocados latidos de su corazón cada vez que pensaba en Nikos Tramontes.

Deliberadamente, silenció sus miedos. No había razones para tanta ansiedad. Esos latidos eran irrelevantes, no tenían nada que ver con lo que Nikos Tramontes le había ofrecido.

La formalidad de un matrimonio de conveniencia, una unión temporal y desapasionada para darle entrada en su mundo y a ella los medios para preservar su herencia. Nikos estaba interesado en ella por su posición social y por los contactos que quería adquirir. Nada más que eso.

La quería a su lado como un ornamento, pero solo en público. En privado su relación sería simplemente cordial, un acuerdo de negocios. Él conseguía una esposa de la alta sociedad, ella conseguía restaurar y conservar Greymont. Era beneficioso para los dos.

«Seremos socios. Sí, esa es la palabra adecuada».

Diana se dio cuenta de que estaba tomando en consideración la proposición de matrimonio.

¿Podía hacerlo? ¿Podía aceptar su oferta y salvar Greymont?

Durante los días siguientes, mientras hablaba con el arquitecto y las empresas de reformas que emprenderían las labores de restauración y conservación conforme a la estricta normativa para edificios históricos, que elevaba la complejidad y el coste de las obras, no podía pensar en nada más.

Con cada día que pasaba, el incentivo para aceptar la proposición de Nikos se volvía más poderoso, tentándola como una serpiente.

Nikos se arrellanó en el asiento del avión. Estaba de buen humor. Su decisión de elegir a Diana St. Clair como el medio para conseguir el segundo objetivo más importante de su vida podría haber sido tomada de forma impulsiva, pero él siempre había confiado en su instinto, que nunca le había fallado en los negocios y había propiciado su meteórico ascenso en el mundo de las finanzas.

Frunció el ceño mientras aceptaba una copa de champán de la atenta auxiliar de vuelo.

«Pero el matrimonio no es un negocio».

Su relación con Nadya tampoco era un negocio y había sido beneficiosa para los dos, pensó entonces. No había razón para pensar que su matrimonio con Diana St. Clair tuviese otro resultado. Además de restaurar y conservar su casa, ella conseguiría un marido atento y un amante más atento aún.

¿Qué más podría desear? Desde luego, no querría amor.

Nikos torció el gesto. El amor no le interesaba. Nunca lo había conocido y no lo quería. Y tampoco Diana St. Clair o le habría echado a patadas cuando hizo su proposición. Pero no lo había hecho y la aceptaría, estaba seguro.

Lo que le ofrecía no era solo un medio para salvar su casa. Su doncella de hielo aún no se había dado cuenta de que por fin había encontrado un rival que estaba a su altura, pero cuando llegase el momento, y llegaría, aceptaría el exquisito placer sensual que él estaba dispuesto a darle; el placer que también Nikos estaba anticipando para sí mismo.

Ese sería su regalo, hacerla consciente de su propia sensualidad para que aceptase la admiración y el deseo de los hombres. Aunque estuviese helada por dentro, él encendería la pasión que había visto brevemente en sus ojos.

No había prisa. Le daría todo el tiempo que necesitase, pero al final… Nikos sonrió mientras tomaba un sorbo de champán, recordando la exquisita belleza de sus pálidas facciones, la forma de su boca.

Al final fundiría ese hielo.

Y ella se derretiría entre sus brazos.

Diana miró el ramo de exóticas y aromáticas azucenas en la mesa del vestíbulo. Luego miró el cheque que tenía en la mano y la nota que lo acompañaba.

Un adelanto, hecho con buena fe.

Un cuarto de millón de libras, leyó, sintiendo que se le encogían los pulmones. Tanto dinero…

Entró en la oficina, pero el aroma de las azucenas la perseguía, tentador, cautivador.

«¿Debo hacerlo?». «¿Debo casarme con Nikos Tramontes?».

El cheque que tenía en la mano exigía una respuesta. Aceptar o rechazarlo. Aceptar o rechazar al hombre que lo había firmado.

El sonido del teléfono la sobresaltó. Era el arquitecto, preguntando amablemente si estaba en disposición de empezar con las obras. Unas obras que solo podrían empezar si se casaba con Nikos.

Diana apretó los puños, el sello de oro con el escudo de los St. Clair que llevaba en el meñique reflejándose en la mesa de caoba del escritorio.

Debía tomar una decisión. No podía posponerlo más. Si no restauraba Greymont, se convertiría en una ruina o tendría que venderlo. En cualquier caso, lo habría perdido.

«No puedo ser la St. Clair que pierda Greymont. No puedo traicionar la devoción y el sacrifico de mi padre».

La oferta de Nikos Tramontes era lo mejor que podría haber esperado. Era un regalo del cielo.

«Nada más puede salvar esta casa».

Su corazón latía con una fuerza inusitada y tenía la boca seca ante la enormidad de lo que iba a hacer.

«Todo saldrá bien, todo saldrá bien».

Lenta, muy lentamente, dejó escapar el aliento antes de responder:

–Sí –le dijo al arquitecto–. Creo que es hora de empezar.

Capítulo 4

CELEBRARON la boda en un histórico hotel de Londres, con estilo y decoración *art déco* e invitados de alcurnia. Aparte de los socios y conocidos de Nikos, Diana había invitado a todo su círculo social, gente que representaba la clase alta de la sociedad inglesa, basada en siglos de propiedades y dinero heredado: gente que había estudiado en los mismos colegios y se habían casado entre ellos. Era un club muy cerrado, solo para los que habían nacido en él o para aquellos que, como Nikos, habían entrado en el círculo por medio del matrimonio.

Diana se alegraba de que tantas invitaciones hubieran sido aceptadas porque sentía que así cumplía su parte del trato que había hecho con el hombre que quería una esposa de la alta sociedad a cambio de financiar las reformas que estaban en marcha en Greymont.

Esas reformas habían sido su mayor preocupación durante los tres meses de compromiso, pero había encontrado tiempo para ver a Nikos cada vez que estaba en Londres, incluyendo la suntuosa fiesta de compromiso que organizó en su recién adquirida casa en Knightsbridge. El hecho de que su trabajo lo hiciese viajar continuamente por todo el mundo era perfecto para ella.

Nikos había hecho lo posible para que se acostumbrase a la idea de ser su prometida. La había invitado a cenar, al teatro, a la ópera, y le había presentado a algunos de sus amigos y socios. Ya no era un extraño y, aunque no podía evitar la indeseada emoción que provocaba su atractiva virilidad, se había vuelto más fácil estar en su compañía. Se sentía más cómoda con él. Sus maneras eran pulidas, su conversación inteligente y no había nada en él que le hiciese lamentar su decisión.

Comprometerse con Nikos fue más fácil de lo que había temido. Él no parecía notar su nerviosismo y Diana lo agradecía. Sería bochornoso si notase que temblaba ante el menor roce.

Aunque apenas la tocaba. Aparte de darle la mano para salir del coche o tomarla del brazo para entrar en algún restaurante, no había contacto físico entre ellos. Ni siquiera un beso en la mejilla.

Irónicamente, muchos de sus amigos pensaban que el repentino compromiso era debido a un flechazo, pero había dejado que Toby Masterson lo creyese y él le había deseado lo mejor.

–Me di cuenta de que estabas encandilada desde el primer momento.

La única voz discrepante era la de Gerald, el abogado de la familia St. Clair.

–Diana, ¿estás segura de lo que vas a hacer?

–Sí –había respondido ella–. Totalmente segura.

«Toma lo que quieras». «Tómalo y paga por ello».

Pero solo iba a pagar con dos años de su vida y podía permitírselo. Dos años del brazo de un hombre con el que había contraído un matrimonio de conveniencia, un acuerdo civilizado. No tenía el menor problema con su decisión.

Y ningún problema mientras saludaba a los invitados, al lado de Nikos. Diana sonreía, diciendo lo apropiado para la ocasión, y siguió sonriendo durante todo el banquete.

Pero cuando por fin se dejó caer en el asiento del coche que los llevaría al aeropuerto, desde donde irían al Golfo Pérsico, donde Nikos tenía negocios que atender, sintió como si hubiera salido del escenario después de una larga interpretación.

Por fin podía relajarse.

–¿Aliviada de que todo haya terminado? –le preguntó él.

–Sí –respondió Diana–. Y me alegro de que haya salido bien.

–Tú has hecho que todo saliera bien –afirmó él con una sonrisa.

–Gracias –murmuró ella.

Estaba acostumbrándose a sus sonrisas. O intentando hacerlo, como tendría que acostumbrarse a la idea de que era su marido. El suyo sería un matrimonio de conveniencia, pero podría ser perfectamente amigable. No había ninguna razón para que no lo fuese y cuanto más tiempo pasaran juntos, más fácil sería.

Aunque la luna de miel fuese un viaje de negocios.

–Ha sido agotador –dijo luego, quitándose los zapatos de color crema a juego con el traje, más cómodos que las sandalias con tacón de diez centímetros que había llevado durante la ceremonia, a juego con el vestido estilo años treinta de satén color marfil–. Pero sí, creo que todo ha ido bastante bien. Y las obras en Greymont están progresando a toda velocidad –agregó con tono complacido–. No sé cómo darte las gracias por apresurar las reformas.

–Esa es mi contribución –dijo él.

Había sido un día muy largo y Diana estaba de pie desde que se levantó esa mañana en la suite del hotel, dispuesta a recibir a estilistas, maquilladores y peluqueros. Por fin podía relajarse y tal vez por eso su voz sonaba estrangulada, cargada de emoción.

–Significa mucho para mí restaurar Greymont. Es toda mi vida, lo único que me importa.

¿Había visto una sombra en sus ojos oscuros?, se preguntó.

Pero él no dijo nada. Se limitó a sonreír mientras sacaba el móvil del bolsillo murmurando una disculpa.

A Diana no le molestó. Era un empresario con negocios por todo el mundo que no paraba ni por bodas ni por lunas de miel.

Pero cuando llegaron al Golfo descubrió que el lujoso hotel en el que iban a alojarse había puesto «luna de miel» en su llegada con letras mayúsculas.

Cuando su mayordomo personal abrió las puertas de la suite, Diana no pudo contener una exclamación. Las paredes parecían hechas de oro, como los muebles, y el suelo era de un carísimo mármol de color miel. Una enorme cristalera ofrecía una bella panorámica del Golfo Pérsico y había ramos de rosas rojas por todas partes, perfumando el aire.

–Qué maravilla –murmuró, apoyándose en Nikos sin darse cuenta. Tal vez por cansancio o por asombro. Solo sabía que, por un momento, había tenido que apoyarse en él.

Nikos puso una mano en su espalda mientras el mayordomo abría una botella de champán.

–¿Te sugiere ideas para mejorar la decoración de Greymont? –le preguntó al oído.

Su sonrisa provocó un extraño aleteo en su interior. Aunque estaba empezando a acostumbrarse, no debería sonreírle de ese modo tan íntimo. La intimidad no entraba en las condiciones de su matrimonio.

–Es perfecta para este hotel –respondió.

Tomó la copa de champán y Nikos hizo lo propio antes de despedir al mayordomo.

–Bueno, señora Tramontes, ¿brindamos por nuestro matrimonio?

Diana, que había recuperado la compostura, esbozó una sonrisa.

–Desde luego –asintió, levantando su copa.

«Señora Tramontes». Era tan raro que la llamase así. Lo había oído muchas veces durante el banquete, pero entonces no le había parecido real. Ahora, en labios de Nikos, sí se lo parecía.

«Sí, es real en el sentido legal. Pero no es real, no es un matrimonio de verdad».

Solo era un matrimonio de conveniencia, prácticamente una sociedad mutuamente beneficiosa y amigable.

–Por nosotros –dijo él, con voz ronca.

No había nada extraño en ese brindis y tampoco en su reacción. Nikos Tramontes era un hombre formidablemente atractivo y ejercería ese impacto en cualquier mujer.

–Por nosotros –murmuró, tomando un sorbo de champán.

Nikos abrió la puerta del balcón y salieron para

admirar los jardines, el azul de las piscinas y las brillantes aguas del golfo.

Dejando escapar un suspiro de alegría, Diana se apoyó en el cristal del balcón. Nikos se colocó a su lado, como un amigo, mirándola.

Estaba de muy buen humor. La boda había sido soberbia y con ella había conseguido lo que quería: entrar en un mundo que su esposa daba por sentado desde que nació.

Nikos recordó con amargura el día que fue expulsado del *château* de Normandía, indeseado, rechazado. Él no había tenido unos inicios tan favorables, pero no necesitaba lo que su madre le había negado. Lo había conseguido sin ella, como se había hecho rico sin su padre, que también lo había repudiado.

Sacudió la cabeza para apartar esos recuerdos que ya no tenían sitio en su vida. Ya no tenían el poder de amargarlo.

Cuando miró a su mujer recuperó el buen humor. Tres meses, tres largos meses de autocontrol. Durante tres largos meses se había contenido, sabiendo que no podía apresurarla. Debía fundir a la doncella de hielo con mucho cuidado.

Y pronto estaría cosechando su recompensa.

Pero aún no. No hasta que Diana se sintiese del todo a gusto con él… y lo conseguiría durante su luna de miel. Tendría que ejercer un enorme autocontrol, la última fase del proceso, pero cuando por fin Diana aceptase sus abrazos todo habría merecido la pena. Cuando por fin aceptase la pasión que, por instinto, él sabía que estallaría entre ellos.

Pero, por el momento, tendría que ser paciente y negarse a sí mismo lo que tanto deseaba.

–¿Qué te apetece comer? Hemos viajado hacia el este, de modo que aquí aún es mediodía.

Diana lo miró con una sonrisa en los labios, alegrándose de que estar a su lado le pareciese tan natural. Nikos parecía tan relajado como ella. Podría no ser una luna de miel en el sentido tradicional, y él tenía asuntos que atender, pero estaba disfrutando de aquel ambiente de vacaciones.

–No me importa, lo que tú prefieras. Y no tienes que hacerme compañía –le dijo–. Sé que tienes reuniones y en un hotel tan lujoso como este seguro que encuentro algo con lo que entretenerme. Incluso podría ir al desierto, no te preocupes por mí.

Quería dejar claro que entendía las condiciones de su matrimonio, pero él la miraba con una expresión rara. O eso le pareció.

–Sí, tengo reuniones –asintió Nikos–, pero creo que puedo encontrar tiempo para mi esposa en nuestra luna de miel.

–Muy bien, entonces comeremos juntos. ¿Crees que podríamos comer frente a la piscina? Tiene un aspecto muy tentador.

–Vamos a averiguarlo –dijo él–. Pero no olvides la crema solar. Tu pálida piel se quemaría de inmediato en estas latitudes.

Bajaron en el ascensor, llevando con ellos la botella de champán, y salieron al suntuoso vestíbulo, donde una enorme fuente de cristal refrescaba el aire, perfumado de incienso.

Diana sintió un golpe de calor cuando salieron a la piscina y, automáticamente, se puso las gafas de sol. Nikos hizo lo mismo y cuando lo miró, su estómago dio un vuelco.

Los dos iban vestidos con ropa informal, ella con un vestido veraniego y él con vaqueros y un polo con los botones del cuello desabrochados, pero cuando se puso las gafas de sol solo había una forma de describirlo.

Sexy.

Era una palabra tan chabacana, reminiscente de los programas de televisión o de las charlas de chiquillas en la universidad. No era una palabra para una mujer adulta como ella.

Pero era la única palabra que parecía definirlo y… ese era el problema, que irradiaba sexo.

Diana apartó la mirada, agradeciendo que sus ojos estuvieran escondidos tras las gafas de sol y regañándose a sí misma por tan ilícitos pensamientos mientras se sentaban frente a una de las piscinas.

–Esto es precioso –comentó–. Exagerado, pero precioso.

Él rio suavemente mientras tomaba la carta que le ofrecía el camarero.

–Se lo comentaremos al príncipe cuando lo veamos mañana.

–¿Vamos a ver a un príncipe?

–No es el gobernante del país sino uno de sus sobrinos, el jeque Kamal. Es el responsable de Desarrollo, pero debo ir con cuidado. Algunos de sus primos se oponen a cualquier cambio y otros quieren un futuro estilo Dubái para este sitio. Nos ha invitado a su palacio mañana para tomar el té. A las cinco

–¿El té de las cinco?

–La hermana del jeque, la princesa Fátima, admira la ceremonia inglesa del té y aprovecha cualquier oportunidad para compartirlo.

–Tomar el té con una princesa árabe es tan exótico como un banquete en el desierto –Diana frunció el ceño–. Tendrás que informarme de la etiqueta. No conozco el protocolo de Oriente Medio.

–Mañana nos informarán en el palacio, pero tengo toda la confianza en ti –Nikos hizo una pausa mientras se quitaba las gafas de sol–. De hecho, nos han invitado al palacio gracias a ti.

–¿Gracias a mí?

–Si hubiera venido solo habría conseguido una breve audiencia en algún despacho, pero tu presencia lo ha convertido en una visita social y eso me abrirá muchas puertas.

Diana lo miró a los ojos.

–Me alegra poder ser de utilidad, Nikos. Me hace sentir… bueno, que cumplo con mi parte del trato. Será mejor que no haga nada que asuste al jeque o a su hermana.

–Lo harás perfectamente –le aseguró él–. Tú siempre sabes comportarte en cualquier situación, te sale de forma natural.

Ella esbozó una sonrisa irónica.

–No es mérito mío. He tenido una vida muy privilegiada, Nikos. Es gente como tú, que no ha tenido esas ventajas y ha llegado a la cima por su propio esfuerzo y determinación, quien merece el crédito. Todos somos quienes somos por accidente, y ninguno de nosotros es responsable de ello.

¿Por qué de repente sus ojos se habían velado? Era como si se hubiera puesto una máscara, pensó Diana. Claro que sabía tan poco de él. Nunca le había hablado de su familia o de su infancia. Sabía que había crecido en Francia, que hablaba francés perfectamente y que había estudiado Dirección de Empresas.

En cuanto a su relación con Nadya Serensky, sabía lo que él le había contado, que no debía preocuparse por su antigua amante. Nadya se había casado con un famoso actor de Hollywood semanas después de que Nikos rompiese con ella y ahora vivía en Los Ángeles.

Por su parte, Diana le había contado muy poco sobre sí misma. Después de todo, el suyo era un matrimonio de conveniencia y no había necesidad de confidencias. Solo debían ser civilizados, afables. Nada más que eso.

Disfrutaron de un fantástico almuerzo y, como había ocurrido durante su compromiso, la conversación fluía con facilidad. No hablaban de nada personal sino de los países del Golfo Pérsico y de otros países del mundo que su viajero marido conocía bien.

Después de tomar café fueron a un bungaló para cambiarse. Diana salió con un bañador de color turquesa y un pareo de algodón del mismo tono. El pareo no revelaba más que el vestido y, sin embargo, se sentía un poco avergonzada.

Se sentó en una tumbona y estaba empezando a ponerse crema solar cuando Nikos llegó a su lado. También se había puesto un bañador y Diana intentó no mirarlo, pero fracasó miserablemente.

«Dios santo».

Sabía que debía tener un físico espectacular, pero había una gran diferencia entre saberlo y tenerlo delante.

Tenía unos músculos tan marcados como los de un atleta, pectorales y abdominales esculpidos a la perfección. Diana deseó volver a ponerse las gafas de sol, girar la cabeza, hacer algo que no fuese mirarlo fijamente.

Por suerte, Nikos se dejó caer sobre la tumbona, sin percatarse de tan indiscreta inspección. Un segundo después, se incorporó un poco para tomar una revista. No tenía que hacer ningún esfuerzo, sencillamente tiraba de los abdominales para levantar su cuerpo. Unos abdominales tan poderosos…

Por fin, Diana consiguió apartar la mirada y siguió poniéndose crema solar.

Nikos se dispuso a leer la revista, de mejor humor que antes. Se sentía satisfecho, y no solo porque estuviese muy cómodo en la tumbona de un lujoso hotel sino porque la mujer a la que había convertido en su esposa veinticuatro horas antes tenía que hacer un esfuerzo para fingir que no la afectaba.

Pero la afectaba.

Nikos sonrió para sus adentros. Había sido un acierto hacerle caso a su instinto y seguir con su estrategia de fundir a la doncella de hielo lentamente antes de dar el último paso. Quería que estuviese relajada, que bajase la guardia y se acostumbrase a su presencia, de modo que intentó disimular su regocijo. Pero, desnudo de cintura para arriba, con un bañador corto azul marino, las largas piernas extendidas, los pies descalzos, sabía que Diana tenía que hacer un esfuerzo para no mirarlo.

Sonriendo para sus adentros, se dedicó a leer la revista económica mientras ella elegía otra del montón, no una de moda como había esperado sino una revista de Historia.

Mientras leían, en silencio, tomaron agua mineral

y café con hielo, picoteando de un plato de fruta recién cortada.

Por fin, cuando el sol empezó a ponerse, Nikos dejó a un lado la revista.

–Hora de hacer ejercicio –anunció mientras se levantaba de la tumbona–. ¿Te apetece nadar un rato?

–Sí, creo que sería lo mejor –asintió ella–. Si no, me quedaré dormida. Este sitio es tan tranquilo…

Él le ofreció su mano y Diana la aceptó porque de no hacerlo tendría que dar demasiadas explicaciones. Nikos la levantó de la tumbona como si no pesara nada y la llevó al borde de la piscina, que en ese momento tenían para ellos solos.

Nikos se dirigió a la parte más profunda y ejecutó un salto perfecto, enviando una ducha de gotas como diamantes.

Diana no podía dejar de mirarlo, rasgando el agua con sus poderosos bíceps y girando cuando llegó al otro lado para volver hacia ella.

–Venga, tírate –la animó, sacando la cabeza del agua y sacudiéndose el pelo de la cara–. Está estupenda.

Por suerte, volvió a nadar hacia el otro lado y Diana aprovechó para quitarse el pareo. Unos segundos después estaba en el agua, mojándose la cabeza y el pelo. Era fabulosa, refrescante.

Empezó a nadar rítmicamente, a braza, y después de recorrer la piscina un par de veces se detuvo, agarrándose al borde. Nikos también había dejado de nadar.

–¿Subimos a la habitación? Deberíamos vestirnos para cenar.

Salieron del agua y se pusieron los albornoces

que el mayordomo había dejado sobre las tumbonas antes de volver a la habitación, Diana con el pelo empapado envuelto en una toalla a modo de turbante. Tardaría un rato en secarlo y peinarlo, pero Nikos decidió usar el segundo baño de la suite, dejándola en posesión del palaciego baño principal, un detalle que ella agradeció.

Cuando salió, casi una hora después, estaba lista para cualquier demostración de opulencia.

Iban a cenar en el comedor privado del restaurante principal, situado en un voladizo sobre el mar. Los demás clientes iban elegantemente ataviados y Diana se alegró de haber ido preparada. Su vestido de seda con corpiño plisado era de un color verde pálido y los suaves pliegues de la falda larga acariciaban sus piernas mientras entraba del brazo de Nikos, un contacto al que empezaba a acostumbrarse.

Su rostro se iluminó cuando llegaron a la mesa.

–¡Qué maravilla! –exclamó.

La decoración era exagerada, pero exquisita. Enormes ramos de flores a cada lado de la mesa, mantel de damasco, copas del más fino cristal y servilletas dobladas en forma de cisne. Sobre una mesita auxiliar había una escultura de hielo con dos cisnes, sus cuellos enredados en forma de corazón, y una botella de champán enfriándose en un cubo de plata.

Nikos optó por la especialidad del restaurante, un menú de degustación. Un interminable desfile de extraordinarias creaciones culinarias en diminutas porciones.

–¿Más? –exclamó, riendo, cuando los camareros sirvieron otra bandeja.

–Come o el chef saldrá con un cuchillo para exigir que aprecies su genialidad –le aconsejó Nikos.

Ella rio mientras probaba bocados de sabores imposibles de identificar, pero que creaban una fantasía dentro de su boca. Suspirando, cerró los ojos, extasiada.

Al otro lado de la mesa, Nikos esbozó una sonrisa. Ese gemido, ese gesto de placer…

Primero la visita al palacio al día siguiente y luego… luego la luna de miel empezaría de verdad. Y cuánto deseaba que llegase el momento.

Capítulo 5

ALTEZA –Diana inclinó la cabeza mientras era presentada formalmente al jeque Kamal y a su hermana, la princesa Fátima.

El jeque era muy apuesto, moreno, con una nariz de halcón y penetrantes ojos negros a los que parecía imposible esconder nada. Pero su actitud era afable y la de su hermana efusiva.

Un funcionario del palacio les había informado sobre el protocolo esa mañana y Diana esperaba no cometer ningún error. Su atuendo, un vestido de manga larga por el tobillo y un pañuelo suelto sobre la cabeza, era aceptable, de modo que empezó a relajarse, animada por la simpatía de sus anfitriones.

El té de las cinco resultó ser una réplica exacta de un té formal en los mejores salones de Gran Bretaña y cuando lo dijo, el elogio hizo reír a la princesa.

–Mi hermano ha contratado a un chef de repostería de Londres. Él ha traído los ingredientes para hacer los famosos panecillos –le contó, con los ojos brillantes–. Pero, siendo inglesa, debe decirme cuál es el orden correcto, ¿primero la mermelada o la nata? –le preguntó en tono confidencial.

Diana esbozó una sonrisa.

–Es imposible responder a esa pregunta, Alteza. En

Devon se hace de un modo, en Cornualles de otro... en fin, yo pongo primero la mermelada.

–¡Yo también! –exclamó Fátima, encantada–. Espero que podamos tomar el té juntas la próxima vez que vaya a Londres.

–Sería un honor para mí –se apresuró a decir Diana.

Nikos sonrió.

–Si eso complace a la princesa, será un placer tomar el té en Greymont.

Diana torció el gesto, molesta. Nikos había invitado a *su* casa a la hermana del hombre cuya aprobación necesitaba para ganar dinero. Greymont era suya y *ella* decidía a quién invitar. Pero, en realidad, había dicho lo que debía y, evidentemente, sus anfitriones estaban complacidos.

–Yo adoro las casonas inglesas –dijo la princesa.

–Tanto que el año pasado le compré una –intervino el jeque.

–Es verdad. Mi hermano es muy generoso –reconoció ella.

Diana sintió un escalofrío.

«Si no me hubiera casado con Nikos, Greymont podría haber sido el último capricho de una princesa árabe».

Era un recordatorio de por qué estaba allí, en un palacio del Golfo Pérsico, al lado de un hombre que era legalmente su marido, aunque solo fuese de nombre.

La princesa siguió hablando alegremente, preguntándole cómo solían llevarse esas grandes casonas inglesas y cómo debían amueblarse para que el estilo pareciese auténtico. Diana contribuyó como pudo, haciendo sugerencias mientras Nikos y el jeque hablaban sobre el desarrollo económico de esa zona del golfo.

Cuando habían dado cuenta del pastel de frutas y tomado la última taza de té de Darjeeling, la princesa se levantó.

–Deberíamos dejar a los hombres con sus tediosos asuntos –anunció con una sonrisa, tomándola del brazo para llevarla a sus aposentos. Una vez allí, Fátima se quitó el velo y le indicó que podía quitarse el pañuelo–. Qué apuesto es su marido –le dijo, suspirando teatralmente–. Voy a pedirle a mi hermano que les preste su nido de amor en el desierto. Nuestro bisabuelo lo construyó para escapar con su esposa favorita porque las demás mujeres sentían celos.

–No sé si… –empezó a decir Diana.

–Debe exigirle a su marido que le declare su amor cada mañana. Y, sobre todo, cada noche –agregó la princesa, haciéndole un guiño de complicidad.

Diana no era capaz de articular palabra, pero por suerte Fátima tomó su silencio por timidez.

–Es usted tan inglesa –bromeó–. Son ustedes tan helados, tan… reservados. Bueno, no importa. Es una recién casada y tiene derecho a ponerse colorada –añadió, tomándola del brazo–. Venga conmigo, voy a enseñarle mi vestidor.

El vestidor era una serie de habitaciones que dejó a Diana boquiabierta. Era como un museo, un desfile de vestidos de alta costura colocados en maniquíes sobre pedestales.

–Este será mi regalo de boda –dijo Fátima, señalando un vestido de color amarillo.

Diana empezó a poner reparos porque un vestido

así debía costar miles de libras. No podía aceptarlo, pero la princesa levantó una mano en un gesto imperioso.

–Rechazar el regalo sería una ofensa –le advirtió.

–Es un honor para mí, Alteza –dijo Diana, sabiendo que no debía discutir.

–Ese color amarillo tan pálido no me sienta bien, pero a usted, con esa piel tan clara, le quedará perfecto –dijo entonces la princesa, con un brillo travieso en sus ojos oscuros–. Y debe ponérselo en el nido de amor.

De nuevo, Diana no sabía qué decir. Solo esperaba que la princesa se olvidase del asunto porque un «nido de amor» era el último sitio en el que quería estar con Nikos.

Fátima la llevó a otra habitación exquisitamente decorada, con un balcón sobre un patio rodeado de columnas.

–Té –anunció, dejándose caer sobre un diván de seda–, pero esta vez será un té de mi país.

Mientras tomaban un refrescante té de menta charlaron sobre las históricas casas inglesas y Diana le habló, entusiasmada, de la exhaustiva restauración en Greymont.

–Siente un gran cariño por su casa, ¿verdad? –observó la princesa.

–Es lo más importante del mundo para mí –respondió Diana.

–¿Y su marido? Debe amarlo a él más que a nada en el mundo, ¿no? Si tuviera que elegir entre su hogar y su marido, imagino que la elección sería muy sencilla.

Diana tragó saliva. ¿Cómo podía responder a esa pregunta?

Por suerte, en ese momento una criada se acercó para murmurar algo al oído de la princesa, que se levantó del diván.

–Nos llaman –anunció.

Diana volvió a colocarse el pañuelo y, una vez vestida de modo apropiado, siguió a la princesa de vuelta a la otra zona del palacio para despedirse de su anfitrión.

Cuando subieron a la limusina que los devolvería al hotel, se volvió hacia Nikos.

–¿Qué tal tu reunión con el jeque? Espero que haya sido tan encantador contigo como su hermana conmigo.

Nikos relajó los hombros.

–Muy bien –respondió con evidente satisfacción–. Tengo autorización del jeque para hablar con algunos de sus ministros. Exactamente lo que yo quería –agregó, con una sonrisa en los labios–. Lo has hecho muy bien, Diana. Y no me refiero al protocolo porque estaba seguro de que no tendrías el menor problema, sino al toque personal. Es evidente que la princesa estaba encantada contigo.

Diana se sentía incómoda ante tan cálida sonrisa.

–Fátima me ha regalado uno de sus vestidos de alta costura. Debe valer una fortuna, pero ha insistido y sabía que no podía rechazarlo. ¿Qué debo hacer ahora?

–Hazle un regalo del mismo valor –respondió él–. No me refiero al valor económico, claro. Además, ellos tienen tanto dinero que, a su lado, yo soy un mendigo. Me refiero a algo parecido.

Diana frunció el ceño.

–Ah, ya lo tengo, un vestido antiguo, algo histórico. Tal vez podría exhibirlo en su casa de campo inglesa.

–Gran idea –asintió él, mirándola con aprobación–. También has impresionado al jeque, por cierto. Mientras hablábamos de ti me ha recitado un viejo poema persa sobre una esposa bella e inteligente, la mejor joya que un hombre puede poseer –Nikos hizo una pausa–. Y tenía razón. Eres una joya, Diana, en belleza e inteligencia.

Durante unos interminables segundos le pareció que no podía respirar. Luego, por fin, consiguió sonreír.

–Me alegra haber sido de ayuda. Y gracias por darme la oportunidad de conocer un palacio árabe. Era como un palacio de cuento de hadas, con una princesa de verdad.

Diana le habló de los detalles arquitectónicos que le habían impresionado, sin mencionar en absoluto el «nidito de amor» que le había ofrecido la princesa Fátima.

Con un poco de suerte se olvidaría del asunto. Un nido de amor en el desierto era lo más inapropiado para un matrimonio como el suyo. Un matrimonio de conveniencia no necesitaba un sitio así.

–¿Qué te parece si cenamos en la habitación esta noche? –le preguntó él mientras entraban en la suite.

–Estupendo. Hoy ha sido un día agotador y prefiero tomar algo ligero –respondió ella, moviendo los hombros y el cuello.

–¿Necesitas un masaje?

Nikos puso las manos en su cuello y empezó a masajearlo suavemente.

El masaje solo duró unos segundos, pero Diana

tuvo que disimular un escalofrío. Había algo en la suave presión de sus dedos, en el calor de la mano masculina rozando su pelo… algo que la hizo sentir débil de repente. Sin aliento.

–¿Mejor? –murmuró él.

Nikos estaba muy cerca, demasiado cerca.

Sentía el deseo de echar la cabeza hacia atrás y dejar escapar un gemido mientras sucumbía al seductor roce de sus dedos.

¿Seductor?

Diana intentó recuperar la compostura. ¿Seductor? ¿Por qué había pensado tal cosa?

Se apartó y se volvió hacia él con una sonrisa en los labios.

–Muchas gracias –murmuró, antes de dirigirse al dormitorio. Necesitaba un refugio en ese momento–. Voy a refrescarme un poco y luego pediré un zumo de fruta. La terraza tiene un aspecto muy atractivo a esta hora del día.

Cuando entró en la habitación le faltaba el aliento y tuvo que hacer un esfuerzo para respirar. Aquello tenía que terminar. No podía ponerse tan nerviosa solo porque Nikos la tocase.

No había significado nada. Especialmente nada seductor.

Sin embargo, unos minutos después, bajo la ducha, con el agua cayendo en cascada por su cuerpo, sintió una extraña inquietud, un cosquilleo que era a la vez extraño y turbador. Mientras se pasaba el aromático gel por los brazos, los hombros, los pechos, el abdomen, lo hacía de un modo sensual…

Como si no fueran sus propias manos.

Diana se enfureció consigo misma. ¿Por qué estaba pensando tales cosas? Nikos solo era su marido de nombre. Era totalmente absurdo pensar en él de otro modo.

Decidida, salió de la ducha para secarse vigorosamente con la toalla y se vistió a toda velocidad.

Afabilidad, eso era lo único que debería haber entre ellos, y eso era lo que iba a tener. Por suerte, también esa parecía ser la idea de Nikos aquella noche en el ambiente relajado de la terraza, ella con un sencillo vestido de algodón y un fino chal sobre los hombros, él con pantalón de deporte, camiseta y chanclas, los dos cómodos e informales.

Esa noche, al contrario que la anterior, decidieron tomar algo sencillo: un pescado a la plancha para ella, un filete para Nikos, seguido de un helado, mientras charlaban sobre los eventos de la tarde.

–¿Qué vas a hacer mañana? –le preguntó Diana, tomando una pieza de fruta de la bandeja–. Si vas a reunirte con ministros, yo me quedaré en la piscina o iré a pasear por el zoco. Tal vez las dos cosas.

Él esbozó una sonrisa. En la penumbra parecía menos formidable.

–Eres una esposa muy complaciente –observó–. ¿Cuántas mujeres serían tan poco exigentes?

Diana rio.

–Soy capaz de entretenerme sola, así que haz lo que tengas que hacer. Además, no soy una esposa de verdad –añadió, con tono burlón.

¿Había un extraño brillo en los ojos oscuros o era un truco de la luz?

–Nuestra boda me pareció real.

Ella hizo una mueca.

–Bueno, ya sabes lo que quiero decir.

–¿Tú crees?

–Pues claro que sí –replicó Diana, exasperada.

Tenía que olvidar el estúpido anhelo que se había adueñado de ella cuando estaba duchándose. Estaba fuera de lugar, completamente fuera de lugar.

«Tengo que aplastarlo, ignorarlo, como si no existiera».

Nikos seguía mirándola con expresión burlona y Diana le devolvió la mirada, intentando mostrar una serenidad que no sentía. Luego, por fin, dejó de mirarla y tomó la botella de vino para llenar su copa.

–No, mejor no –dijo Diana–. Ya estoy empezando a bostezar.

No quería seguir hablando de la naturaleza de su matrimonio porque era algo que no debía ser discutido o cuestionado. Era útil para los dos, nada más.

–Es verdad, ha sido un día largo –asintió él.

«Perfecto, afable, compuesto, natural y amistoso. Alegre y sencillo».

Diana se quedó sin adjetivos para describir el comportamiento que debía mostrar durante los próximos dos años.

–En fin, creo que es hora de irme a dormir.

Cuando Nikos se levantó de la silla, Diana apartó la mirada. Le parecía tan alto de repente.

–Buenas noches. Disfruta de la cama matrimonial.

Lo decía de broma, pensó ella. No podía ser de otra manera, de modo que respondió en el mismo tono:

–Seguro que sí. Me pregunto si habrán vuelto a inundarla con pétalos de rosas.

Él enarcó una ceja.

–¿Quieres que lo compruebe?

–No, gracias. Si es así, los apartaré con la mano –respondió Diana antes de darse la vuelta.

Era mejor evitar cualquier broma, por desenfadada que fuese, sobre camas matrimoniales y pétalos de rosa. Cualquier tipo de broma que tuviese la menor connotación sexual no tenía sitio en su matrimonio.

El día siguiente fue agradable para Diana. Nikos estaba en una reunión y ella fue al zoco, almorzó en el hotel y después se tumbó un rato frente a la piscina.

Nikos volvió al hotel por la tarde y estaba de muy buen humor.

–¿La reunión ha ido bien? –le preguntó.

–Estupendamente –respondió él.

Decidieron cenar en un restaurante menos formal que el de la primera noche. Diana, con un vestido de cóctel de color azul pálido y sandalias planas, apenas llevaba maquillaje y Nikos tenía un aspecto desenfadado con una sencilla camisa de algodón, sin corbata.

Estaba muy atractivo, pero Diana se negaba a prestar atención a eso, de modo que se concentró en contarle sus aventuras en el zoco mientras degustaban platos italianos.

–¿Has comprado algo de oro? –le preguntó él.

–Un par de piezas. No son de gran calidad, pero no he podido resistirme. Y también he comprado una alfombra perfecta para la biblioteca de Greymont. La que hay ahora está comida por polillas y van a enviarla a casa directamente –le contó Diana–. Seguramente me habrán timado con el precio porque no se me da bien regatear, pero es bonita y, desde luego, más barata que en Londres.

–Veo que has aprovechado la mañana –dijo Nikos, sonriendo.

Estaba de muy buen humor y no solo porque la reunión con uno de los jeques más importantes del país hubiera sido productiva sino porque Diana parecía mucho más relajada esa noche. Su estrategia estaba funcionando, pensó. Quería que se sintiera cómoda, que bajase la guardia y aceptase lo que era inevitable: su deseo y el de ella por él.

«La doncella de hielo derritiéndose de pasión. Mía por fin».

Y ahora, gracias al jeque y la princesa, iba a tener un escenario perfecto para hacerlo.

–Sí, claro, agotadora –bromeó Diana–. Tanto que, como recompensa, he pasado toda la tarde en la piscina.

–Te estás poniendo morena. Te queda muy bien.

No había nada provocativo en sus palabras o su tono, pero Diana tuvo que tragar saliva.

–Gracias, pero sigo usando montones de crema solar, por si acaso.

Nikos sonrió.

–Llévala contigo cuando nos vayamos al desierto mañana.

–¿Al desierto? –repitió ella. ¿Había organizado una excursión para ver las dunas?

–He recibido un comunicado del palacio –le contó Nikos–. Al parecer, la princesa le ha pedido a su hermano que nos preste su… nido de amor en el desierto. Creo que ese es el término que usó la princesa.

Diana lo miró, atónita.

–No podemos aceptarlo.

Había esperado que la princesa se olvidase del asunto, o que su hermano rechazase tal petición, pero al parecer había sido en vano.

–No podemos rechazarlo, Diana. Sería una ofensa para ellos. Es un gran honor y una indicación de que la princesa te aprecia. Debes verlo como una aventura que podrás contar a todo el mundo durante años.

Ella dejó escapar un suspiro.

–Sí, supongo que sí –murmuró.

Pero había perdido el apetito. Para empezar, se sentía como una hipócrita, un fraude. La princesa se había preocupado de obsequiarlos con un escenario romántico para su luna de miel, sin saber que era el regalo más inapropiado en su situación.

Y la idea de estar en un escondite en el desierto, a solas con Nikos…

Pero no iba a poder evitarlo y sería bueno acostumbrarse a estar a solas con Nikos. Eso la ayudaría a superar su ridícula reacción cuando estaban juntos.

Era un consejo que se repetía a sí misma mientras subían al lujoso jeep con aire acondicionado y ventanillas tintadas al día siguiente.

Dejaron atrás la costa y tomaron carreteras recién pavimentadas, brillantes bajo un sol cegador, primero recorriendo una seca llanura y luego serpenteando entre las dunas que señalaban el comienzo del famoso desierto de Rub al-Jali.

Diana miraba absorta el paisaje, que iba haciéndose gradualmente más escabroso, con profundos barrancos y oasis rodeados de palmeras. Vieron algún camello, pero aparte de eso apenas había señales de vida.

Aunque habían salido muy temprano, era casi la hora del almuerzo cuando por fin llegaron a su destino, un edificio que al principio le había parecido una gran roca en medio del desierto. Pero cuando se acercaron vio que era un edificio cuadrado de dos plantas, hecho de piedra del color de la arena. Solo la valla que rodeaba el perímetro indicaba que había algo especial en aquel sitio. La valla y los guardias que se pusieron firmes cuando el todoterreno atravesó las verjas de metal.

Los sirvientes del palacio corrieron a atenderlos, pero en cuanto bajó del coche Diana se quedó sin aliento. El calor era impresionante y la camisa de algodón se pegaba a su sudorosa espalda.

–Debemos entrar –dijo Nikos, tomándola por la cintura.

Se dirigieron hacia unas puertas de madera tallada, que se abrían como controladas por un genio invisible, y entraron en el patio interior del palacio.

El nido de amor.

Capítulo 6

DIANA dejó escapar una exclamación de asombro.

–¡Qué maravilla!

El patio estaba en el centro de un precioso jardín, un oasis con cantarinas fuentes de piedra, pequeños canales de agua y bancos para descansar a la sombra de los árboles.

Los criados los llevaron al interior del palacio y Diana miró, cautivada, los intricados salones con arcos y columnas de mármol. Los apartamentos reales estaban en la segunda planta. Solo había un dormitorio, pero en el salón había varios divanes tapizados en seda y eso resolvería la situación, pensó, incómoda.

No sabía cómo iba a afrontar la situación, pero lo haría de algún modo. Debía hacerlo.

Por el momento, lo único que quería era un cuarto de baño para refrescarse y fue un alivio descubrir que el baño de la habitación era moderno, de estilo occidental. Aun así, y teniendo presente que estaban en medio del desierto, intentó ser prudente con el uso del agua. Después de ducharse, se puso un vestido estampado de algodón y un pañuelo de seda sobre la cabeza para evitar el sol.

Nikos, recién duchado, estaba esperándola en la

terraza, donde silenciosos y atentos criados estaban preparando el almuerzo. Todo era tan maravilloso...

Diana decidió que, por inapropiado que fuese estar en un nido de amor digno de *Las Mil y Una Noches*, debía aprovechar su estancia en aquel sitio extraordinario.

Mientras comían, charlaron sobre diversos temas, desde el viaje a la geopolítica de la región y el impacto en la economía del país.

Nikos estaba muy bien informado y la conversación era estimulante. En realidad, Nikos era más interesante que la mayoría de sus amigos y conocidos. Tenía una excepcional visión del mundo, amplitud de miras y una inteligencia incisiva. Era lógico que hubiese triunfado en la vida.

«Su compañía nunca me parece tediosa», pensó entonces.

Cuando charlaba con sus amistades la charla era a veces anodina, trivial, nada estimulante. Sin embargo, intercambiar puntos de vista con Nikos era todo lo contrario.

«Nos llevamos sorprendentemente bien».

–¿Cómo prefieres que pasemos la tarde? –le preguntó él cuando terminó el almuerzo.

–¿Montando en camello? –sugirió ella, de broma.

–Tenemos que hacerlo, pero no a esta hora. Hay una piscina si te apetece nadar –Nikos estiró sus largas piernas–. No me importaría hacer un poco de ejercicio después de este delicioso almuerzo y, por suerte, hay un gimnasio.

–Me parece muy bien –dijo Diana, intentando contener un bostezo–. Me he levantado muy temprano y me apetece echarme una siesta.

Y eso fue lo que hizo, dormir placenteramente durante un par de horas.

El palacio había sido construido mucho antes de la invención del aire acondicionado y usaban la antigua técnica árabe de arcos abiertos y ventanas con persianas de madera para crear sensación de frescor.

Cuando se levantó por fin, mucho más relajada, se puso un bañador y un pareo de algodón. Una criada la acompañó a la piscina, situada en medio de los jardines y rodeada de palmeras que aportaban una grata sensación de intimidad.

Diana se dio un chapuzón y nadó perezosamente, experimentando una extraordinaria sensación de bienestar. Aquella era una experiencia mágica y, aunque un nido de amor no fuese apropiado para ellos, debía reconocer que era algo único.

–Ah, aquí estás.

Cuando levantó la cabeza vio a Nikos al borde de la piscina. Parecía aún más alto desde esa perspectiva, más impresionante. Su camiseta estaba empapada de sudor, de modo que debía haber hecho un vigoroso ejercicio.

Un segundo después se quitó la camiseta y las zapatillas. Diana apenas tuvo tiempo de admirar los bíceps y cuádriceps porque un momento después estaba en el agua, a su lado, sacudiendo la cabeza para apartar el pelo de su cara.

–¡Qué maravilla! Por suerte, la temperatura empezará a bajar en cuanto se ponga el sol y no sabes cuánto lo agradezco –le dijo, enarcando una ceja–. ¿Te apetece que miremos las estrellas? Me han dicho que hay un telescopio en el tejado, pero no creo que haga falta. Seguro que aquí son espectaculares.

Mientras hablaba se encontró pensando en Nadya. Jamás le habría hecho a ella tal sugerencia porque Nadya lo habría mirado como si se hubiera vuelto loco y luego habría sugerido ir a algún famoso restaurante donde podría disfrutar siendo admirada.

Frunció el ceño entonces. ¿Nunca había notado lo limitada que era Nadya? Era una profesional en su trabajo, pero en cuanto a todo lo demás, desde la política a la economía… en fin, ponía los ojos en blanco si sacaba alguno de esos temas.

Con Diana, en cambio, podía hablar de cualquier cosa. A veces estaban de acuerdo, otras veces no, pero tenía una perspectiva diferente, defendía sus opiniones con entusiasmo y estaba abierta a otros puntos de vista.

Y también parecía estar abierta a estudiar el cielo nocturno, como había imaginado.

–Sí, me encantaría –respondió Diana con una sonrisa.

–Genial –dijo él, apartando el recuerdo de Nadya, totalmente irrelevante ahora.

Diana St. Clair era la siguiente etapa de su vida, con su majestuosa casa solariega, el mundo de clase alta en el que había nacido y que él disfrutaría siendo su marido, el mundo que ella daba por sentado y al que él no tenía derecho. Diana le daría eso y más.

Su esposa, la mujer a la que deseaba por su pálida belleza, la mujer a la que estaba a punto de hacer suya del modo más íntimo posible.

«Pronto, muy pronto».

Desapareció bajo el agua y recorrió la piscina un par de veces antes de volver a sacar la cabeza.

Diana lo miraba con admiración.

–Es asombroso cómo controlas la respiración.

–Es la práctica. Y una buena capacidad pulmonar.

Diana miró su ancho torso de marcados pectorales, pero apartó la mirada enseguida. Comérselo con los ojos no era forma de comportarse, de modo que salió de la piscina y se envolvió en una toalla.

–Voy a darme una ducha –anunció–. ¿Qué vamos a hacer esta noche?

–Tomar una copa en la terraza. Sin prisas –respondió Nikos.

Cuando volvió a la habitación, Diana se encontró con lo que parecía un ejército de criadas, dispuestas a acicalarla para la noche. Se resistió por un momento, pero al final cedió. Después de todo, nunca más volvería a estar en un sitio como aquel, ¿por qué no disfrutar de lo que le ofrecían?

Nikos estaba en la terraza, rodeada por una balaustrada del mismo color rojizo que el edificio, suave y cálida al tacto, aunque el sol empezaba a ponerse. Pronto asomarían las estrellas y estaba seguro de que sería algo espectacular.

Tomó un sorbo de su copa, un brebaje fresco con sabor a menta. También había champán en un cubo de hielo, esperando que Diana saliera de su habitación.

Nikos guiñó los ojos, recordando ese momento en la piscina, cuando ella no había podido disimular que admiraba su cuerpo.

Por fin, la doncella de hielo estaba desapareciendo. Había tardado más de lo que esperaba, pero el hielo empezaba a derretirse. ¿Cómo no iba a fundirse bajo el calor del desierto?

Y allí, ahora, en aquel nido de amor, se fundiría del todo.

Nikos envió un mensaje mental de agradecimiento al jeque y a su romántica hermana. Aquel sitio era ideal. El hotel había sido diseñado como una fantasía de *Las Mil y Una Noches*, pero aquello era real. Y a Diana también le gustaba, estaba seguro. Su autenticidad la complacía porque tenía historia, herencia cultural. Muchas generaciones habían pasado por allí, dejando el eco de su presencia, y eso lo hacía similar a su querida Greymont. Su estancia allí le parecía una buena señal.,

Un ruido a su espalda hizo que diese media vuelta. Y, al hacerlo, dejó de pensar en el fabuloso edificio para pensar solo en una cosa:

Diana.

Que tenía un aspecto… sensacional.

Se acercaba a él despacio, muy despacio, porque el vestido que llevaba era ajustado. Debía ser el vestido de alta costura que le había regalado la princesa, pensó. Se ceñía a su figura como un guante, casi como una segunda piel, aunque no era indecente. La seda, de color amarillo pálido, brillaba a la suave luz del atardecer, reflejando los últimos rayos del sol.

Nikos la miró, fascinado, mientras se acercaba, arrastrando la cola del vestido por el suelo de mármol.

–La princesa ha hecho que me lo enviasen –dijo Diana cuando llegó a su lado.

Se había quedado sorprendida al descubrir que Fátima había cumplido su promesa y un poco mareada al ver un vestido tan exquisito, excesivo y fabuloso.

Nikos la miró de arriba abajo.

–Estás preciosa.

No podía apartar los ojos de ella. No necesitaba joyas porque el increíble vestido, alta costura de lo más extravagante, iba bordado con pedrería en el corpiño y el bajo; la misma pedrería que adornaba las cintas del elaborado peinado. El maquillaje era discreto, pero absolutamente perfecto para ella, un suave brillo en los labios, la piel limpia, las pestañas ligeramente destacadas con máscara y un toque de *kohl* alrededor de los ojos. Tenía un aspecto sensual y exótico.

–Es increíble –murmuró, tomando su mano para llevársela a los labios–. Siempre has sido preciosa, pero esta noche… esta noche superas a las propias estrellas.

Sus ojos se encontraron y Diana se quedó sin aliento. Era como si algo los uniese de repente, algo que ella no podía controlar. Y no quería hacerlo.

–Es el vestido. Es una obra de arte –murmuró, apartando las manos.

–Entonces tendremos que brindar por él –bromeó Nikos.

Un sirviente esperaba para abrir el champán y él le hizo un gesto. Un momento después le ofrecía una copa a Diana y levantaba la suya.

–Por el vestido, por su exquisita belleza –Nikos hizo una pausa–. Y por ti, Diana, la novia más hermosa de todas.

Y, de repente, en medio del desierto, mientras el sol se enterraba entre las doradas dunas, Diana experimentó una sensación de impotencia. No había querido ir a aquel sitio, a aquella joya escondida en el desierto dedicada al amor sensual, pero allí estaba. Allí y ahora, a solas con un hombre que parecía tener la habilidad de hacerla temblar, de hacerla consciente de su abrumadora masculinidad.

Sencillamente, no podía recordar que era el hombre que iba a salvar Greymont, para quien solo era una esposa de conveniencia, haciendo el papel que él quería que hiciese.

¿Cómo podía pensar en un nuevo tejado para Greymont, en las reformas, en todas las facturas que debía pagar? ¿Cómo podía pensar que solo era un medio para que Nikos pudiera moverse en los círculos de la alta sociedad? ¿Cómo podía pensar en matrimonios de conveniencia?

Allí, de noche, con aquel precioso vestido, mirando el oscuro desierto con una copa de champán en la mano, a muchos kilómetros de cualquier sitio, a solas con Nikos, era imposible pensar en tales cosas.

De modo que levantó su copa y tomó un primer sorbo, saboreando el delicado champán.

–Por ti, Nikos –dijo en voz baja–. Porque no estaría aquí de no ser por ti y esta es una experiencia única.

Él dio un paso adelante.

–Eres, desde luego, la novia más hermosa.

Diana sintió un escalofrío. No podía hacer nada más que mirarlo y sonreír. Llevaba un pantalón oscuro y una camisa blanca abierta en el cuello, sin corbata, los puños doblados destacando sus poderosas muñecas.

Tenía un aspecto elegante y devastadoramente atractivo. Recién afeitado, con el pelo negro rozando su frente, las marcadas facciones y esos penetrantes ojos oscuros clavados en ella. Eran indescifrables y, sin embargo, en ellos había un mensaje que no podía negar.

Que no quería negar.

La realidad de su vida había quedado atrás y estaba inmersa en aquella fantasía, en aquel palacio de cuento de hadas, tan remoto, tan diferente a todo lo que ella conocía.

«Nikos y yo, los dos solos».

El mundo real parecía tan lejano.

Sintió un temblor de anticipación en la sangre y se quedó sin aliento. Algo estaba pasando y no sabía bien qué era.

O tal vez sí lo sabía.

Tomó otro sorbo de champán y la efervescencia del líquido hizo que se sintiera tan ligera como el aire.

Notó entonces que los criados habían vuelto para servir tentadores manjares en bandejas doradas y desaparecer luego sin hacer el menor ruido.

–¿Cómo lo hacen? –murmuró mientras se inclinaba para tomar una delicada porción de algo desconocido, pero que sabía delicioso y se derretía en su boca.

–Sospecho que hay una lámpara mágica por algún lado –bromeó Nikos, levantado su copa–. Por una experiencia extraordinaria.

Después de brindar, Diana miró el oscuro desierto.

–Lo recordaré durante toda mi vida –murmuró, levantando la cabeza–. Mira, las estrellas.

–Habrá muchas más cuando se esconda el sol –dijo Nikos–. Por el momento, veamos cómo va cayendo la noche.

Diana se colocó a su lado, sin apoyarse en la balaustrada para no manchar el extraordinario vestido. Se sentía… extraña, como si fuese otra mujer.

Se había puesto en manos de un grupo de doncellas, dejando que le hiciesen lo que quisieran. El tratamiento había empezado con un baño en agua perfumada con aceites aromáticos, un masaje y un peinado increíblemente elaborado. Cuando salió a la terraza sentía casi como si fuera un sueño.

Porque estar allí, al lado de Nikos, viendo cómo el sol se ponía tras las dunas, oyendo los extraños ruidos de criaturas de la noche, debía ser un sueño.

Qué lejos del mundo real parecía aquello. Qué lejos de todo lo que le era familiar. Qué lejos todo lo que no fuese Nikos y ella.

Miró de nuevo su elegante y desenfadado atuendo, la ausencia de corbata, el cuello abierto de la camisa, las mangas subidas hasta el codo, creando una imagen tan desenfadada y sensual.

Y su aroma, algo almizclado que armonizaba con el paisaje desértico y que atrapó sus sentidos, aumentando la tensión que vibraba dentro de ella. Solo tendría que dar un paso y él la tomaría por la cintura mientras miraban las estrellas.

Dentro de ella despertó una emoción con la que debía tener cuidado. Pero no quería escuchar a la voz de la razón, se negaba a escuchar. Seguía allí, al lado de Nikos, mirando el desierto que los rodeaba y manteniendo el mundo lejos, muy lejos.

Se quedaron así, en silencio, hasta que la noche los envolvió por completo y las dunas se convirtieron en moles oscuras, más oscuras que la noche. Sobre sus cabezas las estrellas habían empezado a brillar como ventanas abiertas a un horno incandescente y, tras ellos, unas manos invisibles habían encendido antorchas y braseros por toda la terraza para evitar el frío del desierto, creando un baile de luces.

La luz se colaba a través de los arcos y también los característicos aromas de la cocina de Oriente Medio.

–¿Lista para cenar? –le preguntó Nikos. Y ella asintió, hambrienta de repente.

El almuerzo parecía tan lejano. Su vida diaria parecía tan lejana.

Nikos, con el pelo y los ojos oscuros, era su príncipe del desierto. Y ella iba a su lado con un vestido hecho para una reina, la cola acariciando el suelo de mármol.

Los criados, sonriendo y haciendo reverencias, los guiaron hasta el comedor. Diana dejó escapar una exclamación al ver las paredes de madera con teselas incrustadas que brillaban a la luz de docenas de velas. En la mesa había platos dorados, copas doradas, todo dorado, y la fragancia del incienso en escondidos quemadores perfumaba el aire.

–*Jamil jaddaan*. Precioso –murmuró.

Los sirvientes sonrieron mientras apartaban dos sillas de madera tallada con cojines de seda.

La cena fue exquisita; carnes delicadamente especiadas cocinadas a la leña, tan familiares como el cordero y tan poco familiares como la cabra, el camello y a saber qué más, tiernas como el terciopelo y servidas con arroz salteado con frutos secos, dátiles y pasas. Dulce y salado al mismo tiempo.

Como precaución, Diana había pedido un chal en el que se había envuelto mientras comía.

–No quiero ensuciar el vestido. Dudo que pueda limpiarse y no sé si tendré oportunidad de volver a ponérmelo.

–Cuando las reformas hayan terminado, organizaremos un gran baile en Greymont. Entonces podrás volver a ponértelo.

Diana imaginó la casa llena de invitados, con Nikos y ella bajando por la escalera del brazo, como marido y mujer. Como si su matrimonio fuese de verdad.

Por un momento experimentó un anhelo tan fiero que casi la mareó.

«¿Y si nuestro matrimonio fuese de verdad?».

El pensamiento era tentador, dulce y fragante como el incienso, despertando sus sentidos como la efervescencia del champán, la rica sensualidad del vino, la sensación de saciedad después de la fabulosa cena, la suave luz de las velas, reflejada un millón de veces en los platos y copas doradas.

Esa luz enfatizaba al hombre con el que se había casado unos días antes, suavizando los contornos de su rostro y creando puntitos dorados en sus ojos negros.

Unos ojos que estaban clavados en ella.

Con un mensaje que era tan antiguo como el tiempo.

–Diana.

Pronunció su nombre en voz baja, dejando la copa sobre la mesa. Totalmente concentrado en ella.

–Diana…

Nikos volvió a pronunciar su nombre con voz ronca. Qué hermosa era, como una rara y exquisita joya brillando en aquella fabulosa habitación. Solo para él.

Se levantó, sin pensar en los criados, y le ofreció su mano. Lenta, muy lentamente, ella se levantó y la mano de Nikos se cerró sobre la suya, cálida y fuerte. De repente, se sentía desfallecida y emocionada.

–¿Quieres que miremos las estrellas?

Ella asintió, sin decir nada. Estaba sin aliento, mareada. Y no tenía nada que ver con el champán o el vino que habían tomado en la cena sino con la mano de Nikos apretando la suya.

Volvieron a la terraza y, al fondo, iluminados por antorchas, Diana vio unos escalones que los llevarían al tejado. Cuando llegaron allí dejó escapar una exclamación de asombro. La aterciopelada oscuridad del cielo era atravesada por un bosque de estrellas incandescentes y levantó una mano...

–Es como si pudiese tocarlas –murmuró.

El cielo era un manto de estrellas, sobre un horizonte marcado por las dunas y el contorno dentado de las rocas.

Diana se dio cuenta de que estaba apoyada en el fuerte brazo de Nikos. También él estaba mirando las estrellas y empezó a nombrar las constelaciones visibles en esas latitudes durante esa estación.

–Es lo más bonito que he visto en mi vida –dijo ella, suspirando de emoción.

–¿Quieres que traiga el telescopio?

–No, por esta noche es suficiente –respondió Diana, volviéndose hacia él–. Es un espectáculo maravilloso.

–Desde luego que sí –asintió él–. Y podremos verlas aún mejor si nos tumbamos –agregó, dando media vuelta para señalar algo que Diana no había visto hasta ese momento.

Había un diván en el centro del tejado. Seguramente lo habían colocado allí para que pudieran tumbarse y mirar las estrellas cómodamente, pensó. Le dolía el cuello de echar la cabeza hacia atrás y los zapatos de tacón no eran adecuados para estar de pie mucho tiempo, de modo que asintió.

Nikos la guio hasta el diván, la ayudó a reclinarse y quitarse los zapatos y sonrió cuando se tumbó sobre los almohadones de seda.

–Ah, mucho mejor –dijo Diana, mirando el cielo plácidamente.

Nikos se tumbó a su lado y Diana sintió un escalofrío. Tal vez estar tumbados, uno al lado del otro, solos bajo las estrellas en medio del desierto, no era lo más sensato, pero enseguida apartó tal pensamiento. Aquella era una experiencia que debía aprovechar porque era única.

Solo estaban mirando las estrellas, nada más.

Durante un rato se limitaron a hacer eso, a mirar en silencio el fabuloso espectáculo. Hablar parecía superfluo, irrelevante. El almohadón que tenía bajo la cabeza era suave, pero el elaborado peinado no permitía que estuviese del todo cómoda.

Diana cambió ligeramente de postura.

–¿Qué ocurre? –le preguntó él.

–Es mi pelo. Es un peinado diseñado para estar en posición vertical, no horizontal –respondió ella, incorporándose para buscar las horquillas con los dedos.

–Deja que te ayude.

Por razones que no quería explorar, Diana le dejó hacer. Era más fácil para él que para ella, desde luego, pero esa no era la razón. Inclinó un poco la cabeza y, mientras Nikos pasaba los dedos por los mechones, entrelazados con cintas bordadas, experimentó una sensación de flaqueza. Su roce era muy delicado, tan suave como una pluma, y con cada horquilla que quitaba sintió que algo se soltaba en ella.

–Ah, qué agradable –dijo en un suspiro mientras él iba quitando horquillas, aliviando la tensión en su cráneo.

–¿Ah, sí?

Por fin, cuando las horquillas quedaron descartadas sobre la alfombra que rodeaba el diván, Diana sacudió la cabeza, disfrutando de esa liberación. Pero era un pensamiento vago, irrelevante en comparación con la extraña indolencia que empezaba a robarle la razón.

Los dedos de Nikos se enredaron en su pelo, alisando suavemente los mechones, acariciando su cuero cabelludo, su nuca. Instintivamente, Diana echó la cabeza hacia atrás, dejando escapar un suspiro de placer. Lo oyó reír a su lado y luego, experimentando un millar de sensaciones, sintió la caricia de sus dedos en el cuello. Era tan agradable…

Sobre su cabeza, las estrellas brillaban en toda su gloria, pero se le cerraban los ojos, como si una inusitada languidez se hubiese apoderado de ella.

Nikos acarició su garganta y giró la cara hacia él.

Y en sus ojos, a la luz de las estrellas, había algo que no podía negar.

Que no quería negar.

Diana pronunció su nombre en un suspiro.

¿Quién estaba allí para oírlo más que él y el vacío desierto? El desierto y la noche, la noche y las estrellas. Las estrellas y Nikos.

Nikos, el único hombre en el mundo capaz de cautivarla, de tentarla a hacer lo que estaba haciendo en ese momento, sobre aquel diván de seda, bajo las estrellas del desierto donde no existía nada más que ellos. La noche y su deseo. El deseo de Nikos por ella, el de ella por él.

«Lo deseo tanto, tanto».

No sabía por qué y le daba igual.

En silencio, levantó una mano para rozar su sien, el pelo negro que caía sobre su frente, deslizándola por su mejilla, por su mandíbula.

Con los ojos cerrados, siguió acariciándolo, notando el calor de su cuerpo, sintiendo que sus pechos se hinchaban bajo la segunda piel que era el vestido. El obsequio de la princesa árabe que les había regalado también aquel nido de amor en el desierto.

Su matrimonio no era real, lo sabía, pero no podía pensar en ello. Solo podía pensar y sentir lo que estaba pasando allí, bajo las estrellas.

Sabía que Nikos iba a besarla y no tenía el menor deseo de resistirse.

El beso fue como terciopelo de seda, infinitamente suave, infinitamente sensual, infinitamente excitante. Un gemido escapó de su garganta mientras arqueaba el cuello, sintiendo el ardiente pulso de su sangre en las sienes, en las muñecas, en otros sitios escondidos.

El beso se volvió más apasionado y sintió que sus pechos se levantaban, apretando el corpiño del vestido, pero él seguía besándola como si no quisiera soltarla nunca. El deseo se abría paso con un poder que no conocía, que no había conocido nunca, aplastando cualquier otro pensamiento cada vez que miraba al hombre con el que se había casado, el hombre al que no debería mirar con deseo…

Salvo esa noche.

Podía tenerlo esa noche, solo esa noche. Allí, donde el resto del mundo había dejado de existir, como si no fuera a existir nunca más. Solo las estrellas, quemando en su propia eternidad, una eternidad que podía compartir solo aquella noche…

Con Nikos, el único hombre que había sido capaz de excitarla, de hacerla despertar de su letargo. El único hombre con quien se sentía como una mujer.

«Nunca, nunca he sentido nada así».

Pero ahora conocía ese poder, esa fuerza inspiradora, llevándola con él como una marea a la que no podía resistirse, llevándola a un mundo nuevo, un mundo que había pensado no era para ella, que no había conocido nunca.

Pero lo había encontrado ahora, con él, con Nikos.

El mundo del dulce y ardiente deseo que aceleraba su corazón, obligándola a hacer un esfuerzo para llevar aire a sus pulmones. Sintió el roce de sus dedos en la nuca y se giró hacia él como un imán.

Se ahogaba de felicidad mientras devolvía beso por beso, caricia por caricia, sintiendo que caía al vacío, que renunciaba al control. Entregándole su cuerpo, su mente, todo su ser.

Diana dejó escapar un gemido de alivio, de placer y de asombro, saboreando al máximo lo que Nikos le ofrecía, lo que estaba dándole con sus expertas caricias, cegándola de placer.

Él murmuraba su nombre mientras la besaba, deslizando una mano por el corpiño del vestido para acariciar los contornos de su cuerpo. Diana arqueó la espalda para recibir sus caricias, deseando que cerrase la mano sobre sus pechos. Y cuando lo hizo, cuando aplastó sus pezones con la palma de la mano, sintió otra oleada de irrefrenable deseo. Y otro, y otro más, cada uno más fuerte que el anterior, más urgente.

Lo deseaba con todo su ser y, aunque era una locura, le daba igual. Solo podía seguir cediendo al ansia que crecía dentro de ella, a la presión anhelante de su cuerpo, al deseo de saber qué iba a ocurrir después…

Y entonces, abruptamente, Nikos se apartó.

Diana, cegada a todo lo que no fuera la abrumadora necesidad de estar cerca de él, intentó retenerlo. Pero Nikos apartó sus manos y la tumbó boca abajo sobre el diván.

–¿Qué haces? –murmuró ella, intentando incorporarse.

–No te muevas.

Su voz, como un rugido, hizo que se derritiera por dentro. No entendía lo que estaba haciendo, pero entendía que era una orden y, un momento después, entendió por qué.

Había puesto las manos en su espalda y estaba desabrochando las docenas de diminutos botones del vestido. Pero estaba tardando una eternidad y se sentía inquieta, frustrada. No quería que tardase tanto en apartar la delicada tela.

El roce de sus dedos provocaba un incendio dentro de ella, un incendio que no podía apagar, que no quería apagar.

Solo quería seguir *sintiendo* y cuando por fin la tela se abrió y sintió el roce de sus largos y aterciopelados dedos apretó el almohadón con fuerza. Esa extraña inquietud interna, esos remolinos de placer que se ensortijaban por todo su ser, crecía por momentos.

Quería más, quería sentir el roce de sus labios en la espalda, quería sentir el peso de su cuerpo…

Nikos rozó su espalda con los labios, provocando exquisitas sensaciones, mientras tiraba del vestido, incorporándola un poco para quitárselo. Despacio, lo dejó caer al suelo y volvió a tumbarla sobre el diván de seda, de espaldas, frente a él.

Estaba desnuda, completamente desnuda, y Nikos la miró durante un momento que le pareció interminable, incapaz de hacer nada más que devorar con los ojos la increíble belleza de su cuerpo desnudo. Era todo lo que había imaginado que sería, todo y más. Mucho más.

La cintura estrecha, la dulce exuberancia de sus pechos, desnudos solo para él, la curva de sus caderas, sus largas piernas, sus muslos, el triángulo de suaves rizos entre ellos…

Sin decir una palabra, se quitó la ropa a toda prisa. No necesitaba nada en ese momento porque tenía todo lo que quería. Tenía el diván de seda, el cielo nocturno, el calor del desierto, el silencio y la oscuridad, las estrellas como únicos testigos.

Se tenían el uno al otro.

Era lo único que quería desde el momento que puso los ojos en ella. Aquella mujer exquisitamente bella ofreciéndole el mayor de los regalos, el regalo que había esperado tantos meses para reclamar.

A sí misma.

Era suya al fin. La doncella de hielo había desaparecido para siempre. Su autocontrol, su autodominio, ya no era necesario porque ella estaba derritiéndose entre sus brazos. Derritiéndose y ardiendo al mismo tiempo con sus caricias, con sus besos.

Se inclinó hacia ella, apartando el pelo dorado de su frente, diciéndole con los ojos todo lo que necesitaba saber.

–Y ahora, por fin –murmuró, antes de buscar sus labios, con una voz ronca cargada de deseo– puede empezar nuestra noche de bodas.

Capítulo 7

EL SOL empezaba a levantarse sobre la duna más alta, apagando las estrellas una por una, pintando el horizonte con una línea de color rosado mientras el cielo se volvía de un azul turquesa.

Diana dormía entre los brazos de Nikos, como él había dormido entre los suyos, con la cabeza apoyada en su duro y esculpido torso. Sentía el peso de su brazo en la cintura, un peso que adoraba, sujetándola mientras dormía cuando el sueño se apoderó de ellos a altas horas de la noche.

Su noche de bodas había sido tan ardiente como las distantes estrellas, cuya luz había iluminado sus cuerpos liberando una pasión que necesitaba ser saciada. Diana había gritado una y otra vez, en medio de un éxtasis desconocido para ella, fusionando sus cuerpos como si fueran uno solo, apretándose el uno contra el otro, sus miembros enredados, imposibles de separar.

El sol estaba alto en el cielo, iluminando el mundo, acariciando sus cuerpos desnudos bajo la manta de seda.

Diana se movió. Sentía calor en las piernas y se preguntó por qué mientras abría los ojos poco a poco. El sol estaba alto sobre las dunas, calentando el tejado. Notó que Nikos se movía también, en sueños.

Con cuidado, se apartó para levantarse, mirando alrededor. Cuando comprobó que estaba sola, se inclinó para tomar del suelo el chal de cachemir y se envolvió en él a toda prisa.

Ahogando un gemido, se llevó una mano al corazón.

«¿Qué he hecho? Dios mío, ¿qué he hecho?».

Pero ella sabía lo que había hecho. La prueba estaba allí, a su lado. Sin poder evitarlo, su mirada se clavó en el desnudo y poderoso cuerpo masculino… y su corazón dio un vuelco.

«Yo no sabía… yo no sabía lo que era esto».

Pero ahora lo sabía. Sabía que Nikos la había llevado a un sitio cuya existencia desconocía. Se sentía mareada por ese descubrimiento, atónita.

No debería haberlo hecho.

No era por eso por lo que se había casado con Nikos.

No era por eso por lo que Nikos se había casado con ella.

Esa amarga verdad la persiguió mientras corría descalza a su habitación para entrar en el baño. Tal vez el agua de la ducha borraría la locura de lo que había hecho.

Pero cuando por fin salió de la ducha, envuelta en una toalla, encontró a Nikos esperándola en la habitación. No dijo nada, ni una palabra. Sencillamente, dio un paso adelante y la envolvió en sus brazos.

«No quiero apartarme de él».

Esa afirmación llegó de muy dentro, de un sitio que no sabía que existiera. Hasta esa noche.

Se quedaron así, abrazados, durante lo que le pareció una eternidad, hasta que él se apartó, mirándola con una sonrisa en los labios.

–El desayuno está preparado –murmuró, quitándole la toalla para ponerle una bata de seda de color verde agua que había sobre la cama–. Debes taparte o nunca llegaremos a desayunar.

Y en sus ojos había un brillo que era muy fácil descifrar.

Le pasó un brazo por los hombros para salir de la habitación y ella fue como un corderito. Porque era lo único que quería hacer.

El silencioso ejército de criados había preparado el desayuno en la terraza, sobre una mesa protegida del sol por un toldo. Al otro lado de la balaustrada, más allá de la piscina, el desierto se extendía hasta el infinito. El mundo estaba allí, en aquel sitio.

«En este hombre».

–Por nosotros, Diana –dijo Nikos, levantando un vaso de zumo.

¿Por nosotros?

No había un «nosotros», solo una vacía cáscara de matrimonio, un acuerdo para ser útiles el uno para el otro, sin futuro. Ninguno.

Pero Diana levantó su vaso en un gesto de desafío. Más allá de aquel escondite en el desierto no podía haber un «nosotros» para ellos.

«Pero sí puede haberlo mientras estemos aquí».

Y por eso, aprovecharía hasta el último segundo.

–¿Estás lista? –le preguntó Nikos, comprobando que llevaba bien abrochado el cinturón de seguridad.

–Supongo que sí –murmuró Diana.

–Muy bien, vamos.

El conductor arrancó con un rugido del motor y el todoterreno se colocó casi verticalmente sobre la pendiente de la duna.

En unos segundos, Diana descubrió qué era el «ataque a las dunas». Gritando, se cubrió los ojos mientras el hábil conductor hacía maniobras que los llevaban a la cima de las dunas más altas, para deslizarse luego por la pendiente en posiciones precarias y ángulos imposibles, lanzando un aluvión de arena.

Nikos esperaba que, a pesar de sus gritos, estuviera pasándolo bien. Y, cuando por fin el conductor detuvo el jeep, estaba seguro de que así era.

–Por favor –dijo ella, abriendo la puerta del jeep–. Estaba absolutamente aterrorizada.

–Yo también –admitió Nikos, volviéndose hacia el conductor–. Pero me gustaría probar…

Diana lo tomó del brazo.

–No, Nikos, no vas a conducir tú.

–¿Tienes miedo por mí? –le preguntó él, sonriendo–. Gracias, querida esposa.

Aunque lo había dicho de broma, le recordó que no tenía derecho a portarse como una esposa. Pero no quería pensar en eso. No allí, en el desierto, envueltos en el capullo de un mundo tan distinto al suyo.

Después de «atacar las dunas» decidieron montar en camello. Las pacientes bestias se sentaron sobre la arena, esperando hasta que subieron a la grupa para levantarse y empezar a moverse a paso lento.

La experiencia estaba siendo inolvidable para Diana. Sentir el viento del desierto en la cara, ver las dunas brillando bajo un sol cegador, el interminable océano de arena alrededor…

Sentía como si estuviera en otro mundo, antiguo y primitivo, intemporal y eterno.

Tan lejos del mundo real.

Pero aquel era su mundo ahora, el mundo al que estaba entregándose, como estaba entregándose a Nikos. No quería pensar en nada más, no quería recordar nada más.

Se sentía feliz, locamente feliz y temeraria mientras aprovechaba aquel maravilloso regalo. El regalo de su tiempo con Nikos, el hombre que la había llevado a un sitio que no había creído posible para ella.

«Pero lo es. La pasión y el deseo son reales y los tengo aquí, con Nikos, en este lugar eterno».

Eso era lo único que le importaba.

Después del paseo, los camellos se tumbaron a la sombra de una roca para descansar mientras el conductor del jeep los llevaba de vuelta a la tienda, donde encontraron sombra bajo la que refugiarse.

Los criados les ofrecieron paños húmedos para limpiarse la arena y, unos minutos después, en la cocina al aire libre, prepararon fragantes platos cuyo delicioso aroma abrió su apetito.

Y no solo de comida.

Diana miró a Nikos, sintiendo una oleada de asombro y entusiasmo. Él sonrió, una sonrisa cálida e íntima que la hizo enrojecer.

Los criados servían y retiraban platos en una interminable procesión hasta que, por fin, saciada, Diana sintió que se le cerraban los ojos.

–Me estoy durmiendo –comentó.

–Duerme entonces –sugirió Nikos.

Hizo un gesto a los criados para que se retirasen y la tomó por la cintura para tumbarla sobre los almohadones, con la cabeza sobre su regazo. Acariciaba su pelo distraídamente, pensativo. Estaba colorada por el sol, su pelo rubio más pálido que nunca.

Sintió que despertaba el deseo, pero se contuvo. Esperaría hasta que estuvieran solos, pensó, disimulando una sonrisa.

La consumación de su matrimonio había sido todo lo que esperaba y más.

Recordó su primera noche, a Diana derritiéndose bajo las estrellas, la intensidad de las sensaciones revelada en el brillo de sus ojos mientras él echaba mano de toda su experiencia para hacerla vibrar, para saciar el deseo que quemaba en ella como una llama; un deseo que Nikos había liberado, demostrando que no era una doncella de hielo. Al menos, con él.

Él le había abierto las puertas del deseo y desde ese momento ardería por él. Ardería hasta que su deseo por ella hubiera sido saciado Y el día llegaría. Algún día despertaría y sabría que todo había terminado.

Pero hasta que ese día llegase, Diana era suya.

Nikos sintió que se le cerraban los párpados. Estar tumbado con Diana, con su cabeza sobre las piernas, era tan cálido y agradable.

¿Llegaría ese día?

La pregunta quedó colgada en el aire, como un águila en el desierto, sin respuesta, mientras cerraba los ojos y también él sucumbía al sueño.

–Odio decir esto –empezó a decir Nikos, dejando el móvil sobre la mesa–, pero tenemos que irnos de este paraíso.

Estaban tomando el desayuno en el precioso patio interior, la cantarina fuente y las plantas que la rodeaban refrescando el aire.

–¿Tenemos que irnos? –preguntó ella, consternada.

–Era el Ministro de Desarrollo. Tengo otra reunión mañana por la tarde con él y con varios peces gordos. Debo ir.

Diana parpadeó. El mundo real le había parecido tan lejano y, sin embargo, allí estaba, devolviéndola a la realidad. Intentó contar los días que habían pasado desde que llegaron allí y fracasó. Un día se había convertido en otro, indolente, perezoso, lujurioso y autoindulgente. Un momento de pasión y deseo, un momento de total felicidad.

Una fantasía de *Las Mil y Una Noches* hecha realidad.

Pero había terminado.

Una sensación de tristeza, de disociación, de pérdida, la dejó abrumada, pero Nikos ya estaba levantándose.

–Necesito mi ordenador, tengo que comprobar algo. Termina de desayunar, no hay prisa. Enviarán un helicóptero para llevarnos de vuelta a la ciudad.

El helicóptero era enorme, ruidoso, agitando la arena. Parecía una invasión, pensó Diana. Una invasión que los devolvía a la realidad.

Cuando llegaron al hotel, Nikos no se quedó mucho tiempo, solo el suficiente para ducharse, ponerse un traje de chaqueta, tomar su maletín y volver a marcharse, dejando a Diana sola y perdida en la suite.

El abrupto cambio era discordante y descorazonador. Desde el silencio del desierto, la absoluta privacidad y lo que esa privacidad había provocado… al mundo moderno, rápido, exigente y ajetreado.

Allí existía el tiempo, otra gente, otras prioridades. Otras realidades.

Realidades que se veía forzada a admitir.

No quería enfrentarse con ellas, pero debía hacerlo.

Diana paseó de un lado a otro, tensa, profundamente inquieta, sabiendo que estaba en peligro.

Capítulo 8

NIKOS entró en el coche con gesto serio. Aquella reunión no había ido bien. Las malditas políticas internas habían asomado su fea cabeza de nuevo. El primo del jeque Kamal, el príncipe Farouk, que estaba en contra de cualquier progreso, había utilizado al ministro para obstaculizar todas sus propuestas. De modo que, aunque el ministro había sido amable, también había sido inflexible.

Había problemas, dificultades, retrasos.

Nikos dejó escapar un suspiro de frustración. El jeque Kamal, inteligente y abierto de miras, prevalecería sobre su primo al final, pero hasta entonces tendría que ser paciente.

Durante toda su vida se había marcados objetivos y había hecho lo posible por conseguirlos. Dinero, posición, una amante trofeo y ahora una esposa trofeo.

De inmediato, recuperó el buen humor. Después de todo, había una ventaja en ese retraso. Así podría pasar más tiempo con Diana.

Empezó a relajarse y sintió que su cuerpo vibraba de emoción. Ella estaría esperándola en la suite, ya no la doncella de hielo sino la ardiente y apasionada mujer que él, y ningún otro hombre, había despertado a la deliciosa gloria de su sensualidad.

Una sensualidad que lo había hecho perder la cabeza.

Nadya había sido una mujer apasionada, fiera y tempestuosa. Él siempre había elegido mujeres apasionadas, pero con Diana…

Su expresión se volvió pensativa. Esa incandescente unión bajo las estrellas había sido algo más que apasionada.

¿Era porque había esperado tanto tiempo para hacerla suya? ¿Era esa la razón por la que esos días en el desierto habían sido tan especiales, tan diferentes? ¿Porque Diana era intocable, la doncella de hielo, cediendo solo después de una larga espera? ¿Una doncella de hielo que solo él podía fundir, que solo se derretía entre sus brazos?

Frunció el ceño mientras intentaba entender por qué esas noches que había pasado con ella habían sido tan abrumadoras. Porque no había sido solo pasión o deseo sino mucho más que eso. Sí, había experimentado una sensación de triunfo cuando por fin la hizo suya y su paciencia fue recompensada, pero había algo más.

Era su compañía, fuese mirando las estrellas o riendo mientras montaban en camello. Y hablando, hablando a todas horas. Sobre política, economía, arte, sobre cualquier cosa. La conversación con Diana siempre era estimulante.

«Me gusta su compañía. Me gusta estar con ella».

También eso era nuevo para él, algo que no había tomado en cuenta con otras mujeres. Su relación con Nadya, y con todas sus predecesoras, había sido superficial. Solo sexo, nada más que eso. Había elegido a Nadya como amante para demostrar al mundo que podía tener a la mujer más bella en su cama.

Había pensado que Diana era el siguiente paso. ¿Seguía pensando en ella de ese modo? ¿Solo como una esposa trofeo? ¿O podía la mujer a la que había hecho suya bajo las estrellas significar algo más para él?

«Tal vez nunca me aburriré de ella». «¿Es posible que nunca me canse de Diana?».

Esa pregunta daba vueltas en su cabeza. Era algo que nunca había sentido por otra mujer y no conocía la respuesta, aún no. Por el momento, lo único que quería era lo que había tenido en el desierto: Diana entre sus brazos, suspirando de gozo.

Cuando llegó al hotel atravesó el enorme vestíbulo y subió a la suite sin perder un momento para ver a Diana, cálida y ardiente, con toda la pasión que él había despertado, el deseo que había liberado.

«Mi esposa, mi mujer».

Nikos experimentó una emoción extraña para él. Era un deseo poderoso, sí, pero también algo más. No sabía qué, pero estaba ahí. Algo que no reconocía, que no le era familiar.

Las puertas del ascensor se abrieron y recorrió la alfombra con paso impaciente para entrar en la suite. Ella estaba frente al balcón, con una bandeja de café sobre la mesita, y levantó la mirada con gesto sorprendido cuando entró, tirando a un lado el maletín.

–Nikos…

Se dirigió hacia ella, quitándose la corbata.

–Menos mal que ha terminado. Esa maldita reunión…

–¿No ha ido bien?

–Era una trampa del rival del jeque Kamal –respondió él–. Me temo que estoy en medio de una lucha interna en la familia real.

–Ah, lo siento –murmuró Diana, distraída.

–No pasa nada, todo se arreglará. Kamal es un tipo listo y no dejará que nadie le gane la partida, pero tendré que esperar un poco más de lo que pensaba –le explicó él–. En cierto modo, este tropiezo tiene sus ventajas. Así tendré más tiempo libre para pasarlo bien, empezando ahora mismo.

Tiró de ella para levantarla de la silla y la tomó entre sus brazos. Era tan agradable estar así, acariciando su esbelto cuerpo, tan complaciente, tan hermoso. Era tan sugerente ver su rostro levantado, su boca esperando el beso que anhelaba para devolverlo con el mismo ardor. Diana, su preciosa y exquisita Diana, toda suya, del todo.

–He estado pensando en ti –dijo con voz ronca, los ojos brillantes de deseo–. Anhelándote…

Buscó sus labios, apretándola contra su torso, pero había algo extraño. Diana estaba tensa, rígida.

–Nikos…

Él se apartó un poco, pero sin soltarla.

–¿Qué ocurre? –le preguntó, preocupado.

Ella puso las manos sobre sus hombros, como para empujarlo.

–Nikos, no podemos…

–¿Qué ocurre, Diana? ¿Qué te pasa?

Ella dio un paso atrás, como para poner distancia entre ellos.

–Tenemos que hablar.

Nikos la miró, sorprendido. Había angustia en su voz, en su rostro, en sus ojos.

–¿Qué ocurre?

Diana tomó aire, intentando armarse de valor y no dejarse llevar por la abrumadora tentación de guardar silencio. Para no abrazar a Nikos y caer sobre la enorme cama matrimonial cubierta de pétalos de rosa para dejar que la llevase al éxtasis que encontraban uno en los brazos del otro.

Porque si lo hacía…

Si sucumbía, como anhelaba hacer, entonces ocurriría lo que había intentado mantener a raya en el desierto.

«Y no puedo permitir que eso ocurra. No me atrevo a hacerlo».

Durante toda su vida había evitado la intimidad, se había mantenido a salvo de lo que había destruido a su padre, de modo que debía ser valiente.

–Diana, dime qué te pasa.

Nikos quería respuestas, explicaciones. Ocurría algo y quería saber qué era para poder solucionarlo.

Diana hizo un esfuerzo para pronunciar las palabras, tenía que hacerlo.

–Nikos, lo que pasó en el desierto… no debería haber ocurrido.

Él la miró, incrédulo.

–¿Cómo puedes decir eso?

Su voz sonaba hueca, como si se hubiera quedado sin aire de repente, como si hubiera recibido un golpe. Era incapaz de comprender lo que decía. No tenía sentido.

–¿Cómo es posible que tú no lo veas? –replicó Diana–. Nuestro matrimonio solo es una unión conveniente para los dos, para restaurar Greymont y darte entrada en mi mundo. Y luego nos separaríamos. Eso es lo que habíamos acordado, esa fue tu proposición y eso es lo que yo acepté. Lo que aceptamos los dos.

Nikos la miraba, incrédulo.

–¿De verdad creías que no habría intimidad entre nosotros?

–Por supuesto –respondió ella–. Eso fue lo que acordamos desde el principio.

–No puedo creer lo que estás diciendo. ¿Cómo has podido pensar que no habría intimidad entre nosotros? ¿Qué razones tenías para pensar eso?

Ella lo miró, consternada.

–No me diste razones para pensar otra cosa, Nikos. Durante nuestro compromiso no me tocaste... solo éramos amables el uno con el otro.

Él se pasó una mano por el pelo en un gesto de agitación. No podía creer lo que estaba escuchando. Era imposible, sencillamente imposible.

–Quería darte tiempo para que te acostumbrases a mí. No iba a ser tan desconsiderado como para lanzarme sobre ti en cuanto nos casáramos. Quería encontrar el momento adecuado.

No hizo referencia a la doncella de hielo. ¿De qué habría servido? Seguramente Diana ni siquiera sabía que lo era. Que dijese eso cuando acababan de consumar su matrimonio bajo las estrellas era la prueba de que no sabía lo fría, lo helada que había sido. Era un estado que para ella era normal.

¿Por qué decía aquello ahora? Era pánico, pensó, una reacción al volver al mundo real, lejos del desierto que tanto la había hechizado. Debía ser eso, era la única explicación.

Hizo un esfuerzo para mantener la calma, para ser razonable. Era vital que Diana entendiese lo que iba a decir.

–Y ahora nos conocemos bien, ¿verdad? Nos hemos acostumbrado el uno al otro ahora que estamos casados, y nos gusta estar juntos. Nos llevamos bien. Tal vez si no hubiéramos pasado esos días en el desierto nuestra relación habría tardado más en llegar a la conclusión a la que ha llegado. Una conclusión, Diana, que era inevitable.

Dio un paso adelante porque necesitaba estar cerca de ella para arreglarlo todo, para que todo volviese a ser como había sido en el desierto.

–Esa llama ha estado ahí, entre nosotros, desde el principio. Al principio era casi invisible, lo sé, pero también sé que yo no te era indiferente. Y créeme, yo era todo lo contrario a indiferente desde el momento que te vi. Pero hizo falta el desierto para que esa llama invisible se convirtiese en una hoguera incandescente.

Puso las manos sobre sus hombros, mirándola a los ojos, pero su expresión era tensa y apesadumbrada. Desearía besarla, tomarla entre sus brazos y mitigar su pánico, derretirla en el fuego de su deseo.

–No podemos negar lo que ha pasado y no debemos hacerlo. ¿Por qué? Somos marido y mujer. ¿Por qué no ceder a la pasión que hay entre nosotros? Una pasión irresistible que tú sientes tanto como yo.

Vio que Diana parpadeaba, vio un gesto de desesperación, pero no quería pensar en nada salvo en la exquisita suavidad de sus labios.

La atrajo hacia sí, acariciando su nuca, sujetándola para darle un beso lánguido, sensual y seductor. Sintió el alivio de tenerla entre sus brazos de nuevo mientras la besaba para ahuyentar sus miedos.

El suave gemido que escapó de su garganta le dijo que había conseguido lo que buscaba. Él sabía cómo excitarla, cómo hacer que se olvidase de todo.

Deslizó una mano sobre sus pechos y, al notar que las puntas de coral presionaban contra sus dedos, tuvo que hacer un esfuerzo para controlar su propia excitación. El deseo se había disparado y supo que podía declarar victoria.

Victoria sobre los miedos de Diana. Estaba derritiendo el hielo que amenazaba con envolverla de nuevo.

No dejaría que ese hielo volviese a aprisionarla. Entre sus brazos derretiría hasta el último de sus temores. La doncella de hielo no volvería nunca.

La oyó gemir y volvió a besarla con pasión, haciéndole saber cuánto la deseaba y cuánto lo deseaba ella.

Pero entonces Diana echó la cabeza hacia atrás, mirándolo con gesto convulso, y el gemido de placer se convirtió en un grito.

–¡Nikos, no!

Él la soltó inmediatamente. ¿Cómo podía abrazarla cuando ella quería apartarse?

Ella dio un paso atrás, apartándolo con la mano. Intentaba controlar sus emociones, unas emociones que la abrasaban como un hierro candente. Unas emociones que debía controlar de inmediato.

«Nikos habla de pasión como si eso lo arreglase todo, como si lo justificase todo. Pero no es así. Es peor, mucho peor y terriblemente peligroso. Lo que he temido durante toda mi vida».

Tenía que alejarse urgentemente, tenía que encontrar fuerzas para hacerlo.

–No quiero esto –dijo, casi sin voz–. No quiero esto –repitió–. Lo que pasó en el desierto fue… un error. Si hubiera sabido que tú pensabas consumar nuestro matrimonio no habría aceptado casarme contigo.

La tensión era insoportable, pero debía hablar. Debía dejárselo bien claro, de modo que hizo un esfuerzo para sostener su mirada.

Él no decía nada. Se limitaba a mirarla con una expresión rara, como si no la entendiese. El silencio se alargó, apartándolos, separándolos.

Como debía ser.

Nikos la miraba fijamente y en sus ojos había un brillo oscuro que la heló hasta los huesos.

–Agradezco mucho que me hayas aclarado lo que piensas de nuestro matrimonio –dijo por fin, con un tono cargado de sarcasmo–. Y creo que lo mejor es que vuelvas a Inglaterra inmediatamente. Esta misma noche –agregó antes de dar media vuelta para tomar su maletín.

–Nikos, por favor, no te pongas así. No tengo que irme, podemos seguir aquí como antes…

No terminó la frase. Porque ella sabía que ya nunca sería como antes.

–No tiene sentido que sigamos hablando. Haz las maletas, Diana. Yo tengo que trabajar –dijo él, antes de entrar en el dormitorio.

Diana oyó que se cerraba la puerta.

Luego el silencio. Solo silencio alrededor.

Capítulo 9

UNA FURIA helada y negra como la tinta corría por las venas de Nikos mientras miraba por la ventanilla del jet que lo llevaba al otro lado del mundo.

Australia, lo más lejos posible de Diana, a quien había convertido en su esposa de buena fe. Sin esconderle nada.

Al contrario que ella, su hermosa doncella de hielo, su esposa de mirar y no tocar, que desde el principio no había querido darle una oportunidad a su matrimonio.

No dejaba de darle vueltas a su última conversación, cuando le dijo lo que pensaba de él, lo que quería de él. Y lo que no quería.

A él no, no lo quería a él.

«Esa no es la razón por la que me casé contigo».

Esas palabras habían sido brutalmente reveladoras.

«Solo quería mi dinero para conseguir lo que más desea en el mundo».

Nikos apretó los labios en un gesto implacable.

«Y lo que más desea en el mundo no soy yo».

Era su ancestral casa y el estilo de vida que iba con ella. Eso era lo único que le importaba, no él.

La amarga conversación con Diana quemaba

como ácido en sus venas, recordándole algo que no podía exorcizar de su mente: el día que llegó al *château* de Normandía lleno de esperanza. Ya no era un niño y el abogado que contrató cuando cumplió la mayoría de edad había encontrado a la madre que lo abandonó.

Había esperado que le explicase por qué lo había repudiado, que por fin lo recibiera con los brazos abiertos.

Nikos hizo una mueca. No hubo alegría ni bienvenida. Solo un frío rechazo.

«Era una amenaza para su aristocrático estilo de vida. El estilo de vida que iba con su título, su gran casa. Eso era lo único que quería, lo único importante para ella».

La revelación había sido brutal.

Tan brutal como la revelación de su esposa.

Intentó contener la amargura, pero a la vez experimentaba otra emoción a la que no quería poner nombre y que se negaba a reconocer. Porque reconocerla infectaría su sangre como un veneno del que no podría librarse nunca.

El jet atravesaba el cielo nocturno, de la brillante luz del día a la oscuridad.

El taxi se abría paso lentamente por el camino que llevaba a Greymont. El estado del camino seguía en la lista de cosas que hacer, como muchas otras, incluyendo la decoración, los muebles, las cortinas, la restauración de los techos. Pero las obras esenciales, las que aseguraban que la casa siguiera en pie, estaban hechas.

«¿Cómo he podido equivocarme de tal modo?». «¿Cómo he podido cometer tan desastroso, catastrófico error?».

Esa pregunta daba vueltas en su cabeza mientras entraba en su dormitorio y se dejaba caer sobre la cama. Había estado dando vueltas en su cabeza desde que salió del hotel para ir al aeropuerto.

Nikos se había quedado en el dormitorio, con la puerta cerrada, negándose a dirigirle la palabra, y ella había salido del hotel como un zombi. Hasta que se sentó en el avión y tuvo que enfrentarse con la realidad de su matrimonio.

«Totalmente diferente a lo que él había pensado que sería».

Nikos había pensado que su matrimonio de conveniencia incluiría convenientes relaciones sexuales.

«Lo había creído desde el principio, esa era su intención».

Y ella había cerrado los ojos voluntariamente para no admitir que había visto deseo en sus ojos desde el primer momento.

«Me dije a mí misma que estaba estudiándome, decidiendo si sería apropiada como esposa trofeo por mis contactos, por mi apellido».

¿Cómo podía haber pensado que Nikos querría un matrimonio sin intimidad?

Pero era fácil entender por qué. Había querido creer que su único papel en la vida de Nikos sería darle entrada en su mundo porque de ese modo podía dejarse llevar por la desesperada tentación de aceptar lo que le ofrecía, la salvación de Greymont.

«De ese modo podía aceptar su dinero y conseguir lo que quería sin poner en peligro mi corazón».

Pero había sabido que era peligroso desde que lo conoció. Había sabido que solo Nikos Tramontes tenía el poder que ella había temido durante toda su vida.

«Me he metido en la guarida del león por voluntad propia».

Y ahora iba a devorarla.

Diana tuvo que contener un gemido.

«¿Qué he hecho, Dios mío, qué he hecho?».

Pero lo sabía. Había cometido la mayor locura de su vida.

Recordó entonces ese viejo dicho: «Toma lo que quieras. Tómalo y paga por ello».

Y estaba empezando a pagar.

Los ojos de Diana se llenaron de lágrimas.

Nikos estaba de vuelta en Londres. Había pasado tres semanas en Australia y luego otra semana en Zúrich, intentando retrasar su regreso a Londres, pero no podía retrasarlo para siempre.

Cuando llegó a su casa en Knightsbridge, su expresión se oscureció. Había soñado con llevar a Diana allí después de su luna de miel, tomarla en brazos para llevarla a la cama…

Pero eso no iba a pasar. Nunca, pensó, cegado por la furia.

La llamó por teléfono y se alegró cuando saltó el buzón de voz.

–Estoy en Londres y tengo que verte –se limitó a decir–. Te espero aquí mañana, tenemos que acudir a una cena importante.

Diana, su mujer, había dejado claro lo que pensaba de él, lo que pensaba de su matrimonio, pero tenía deberes que cumplir, deberes que él pagaba para que cumpliese.

Aunque ella lo hiciese de mala gana.

Diana llegó a la casa de Knightsbridge al día siguiente y fue recibida por el ama de llaves. Nikos seguía en la oficina, pero llegó poco después, cuando estaba colgando sus vestidos de noche en uno de los cuartos de invitados.

Cuando él entró en la habitación, dio un respingo.

–Nikos…

Había tensión en su voz, en su rostro, en su postura. Pero en cuanto sus ojos se clavaron en él su traidor corazón había dado un vuelco.

Sin decir nada, él examinó los vestidos y eligió uno que tiró sobre la cama.

–Ponte este –le ordenó–. Debes estar lista dentro de una hora.

Y luego salió de la habitación.

Diana había temido ir a Londres, había temido volver a verlo, pero tenía que hacerlo. No podía seguir escondiéndose en Greymont.

«Tengo que hablar con él, intentar que todo vuelva a ser como antes, civilizado, afable».

Media hora después bajó al salón, con el vestido de noche que él había elegido. Nikos estaba tan apuesto con el esmoquin que estuvo a punto de correr hacia él para echarse en sus brazos, pero intentó controlar el torrente de recuerdos, de deseos.

«No puedo desearlo».

Él giró la cabeza y, durante un segundo, le pareció

ver un brillo en sus ojos, pero se extinguió inmediatamente.

–Perfecto –comentó, mirando el vestido.

Su tono era seco, su expresión cerrada. Diana dio un paso hacia él, sintiendo el roce de la seda acariciando sus piernas, el apretado moño en la nuca, el frío del collar de perlas en la garganta. En el dedo meñique de la mano izquierda, el sello de oro con el escudo de la familia St. Clair reflejaba la luz de la lámpara. Un perpetuo recordatorio de por qué se había convertido en su mujer, para conservar la casa que iba con el escudo.

–Nikos –empezó a decir, intentando mostrar un valor que no sentía–. Tenemos que hablar.

–¿Tú crees? –le espetó él, cortante, mientras se ocupaba en ponerse los gemelos, sin mirarla–. ¿Hay algo más que decir, Diana?

–Nuestro matrimonio fue un error, un malentendido. Siento muchísimo no haber intuido lo que tú esperabas –empezó a decir ella–. Quiero que sepas que he parado las obras en Greymont.

Él siguió inspeccionando sus gemelos como si no la hubiese oído. Le pareció ver que apretaba los dientes, pero tal vez estaba equivocada.

–Ya hay trabajos terminados y otros que están contratados, pero todo lo demás se ha parado. En cuanto a lo que ya se ha hecho, la suma total es… –Diana titubeó–. Haré todo lo posible para devolverte el dinero. Tardaré mucho tiempo, pero te lo devolveré. Si vendo mis acciones e inversiones perderé mis ingresos y los necesito para vivir. Ese ha sido siempre el problema, encontrar dinero para las reformas y mantener Greymont funcionando. Los costes de mantenimiento son altísimos, desde los impuestos a las facturas mensuales, pero te devolveré el dinero. No importa el tiempo que tarde, te prometo que lo haré.

Por fin, Nikos la miró.

–Me compensarás, Diana, de eso estoy seguro.

Ella tragó saliva. Su tono era tan seco y cortante como un látigo.

–Siento mucho que esto haya salido mal y me culpo a mí misma. Fui una ingenua, de verdad pensé que solo querías un matrimonio de nombre…

–Lo que yo quiero, Diana –la interrumpió él– es que honres el acuerdo al que llegamos. Que me compenses de la única manera que puedes hacerlo, de la única forma que yo quiero que lo hagas.

Diana palideció y Nikos tuvo que contener una carcajada salvaje. Estaba tan cerca; un solo paso y podría tenerla entre sus brazos.

Pero ya no estaba a su alcance. Se había alejado de él para siempre y su expresión se volvió burlona. Aunque no sabía si estaba riéndose de ella o de sí mismo.

–Ese es el acuerdo al que llegamos. Serías mi esposa trofeo, elegante, digna y hermosa, la envidia de otros hombres con tu belleza y tu impecable estatus social. Abriéndome las puertas de tu mundo de clase alta. Y eso es lo que vas a hacer, Diana, mi casta y bella esposa –le dijo–. Si has parado las reformas en Greymont, mejor. Así tendrás más tiempo para estar a mi lado. Empezando ahora mismo –agregó, mirando su reloj.

Abrió la puerta y le hizo un gesto para que pasase. Estaba tensa, pálida, pero le daba igual. Tenía que darle igual.

–En el coche te contaré lo que vamos a hacer, quiénes son nuestros anfitriones y por qué son importantes para mí.

Diana no podía mirarlo. Tenía un nudo en la garganta, como un cáncer creciendo dentro de ella, ahogándola.

La casa en Regent's Park estaba iluminada como un árbol de Navidad, pero a Diana le pareció oscura y sombría. Se movió entre la gente con una copa de vino en la mano y una sonrisa forzada en los labios, obligándose a soportar la ritual charla banal que requería la ocasión.

Nikos estaba a su lado. De cuando en cuando sus brazos se rozaban y ella tenía que hacer un esfuerzo para no dar un respingo.

Ya no era la persona a la que había creído conocer. Se había convertido en un extraño que hablaba con tono impersonal, sin mirarla a los ojos, escondido tras una máscara. Y ella no tenía más opción que interpretar el papel que él quería que interpretase, la esposa de Nikos Tramontes, la elegante y bien conectada esposa de la alta sociedad, con su historial impecable y su magnífica casa, que la vasta fortuna de su marido había salvado.

Exactamente el matrimonio que ella había querido.

«Toma lo que quieras y paga por ello».

Esas palabras parecían reírse de ella con inusitada crueldad.

«Es culpa mía, lo he hecho yo misma».

Recordó entonces las estrellas en el desierto, el abrazo de Nikos… pero no podía recordar. No podía pensar en lo que nunca debería haberse permitido tener porque aquel era el resultado, aquella cáscara vacía de matrimonio que se reía de ella y exigía un precio que debía seguir pagando, que debía seguir soportando…

Durante las semanas siguientes continuó interpretando el papel de la señora de Tramontes, inmaculadamente vestida para cada ocasión, portándose como exigía la situación, fuese un almuerzo en alguna mansión frente al Támesis, cócteles en el lujoso distrito de Mayfair, cenas en los mejores restaurantes de Londres, el teatro o la ópera. Siempre al lado de Nikos, siempre elegante, siempre sonriendo. La esposa perfecta.

Atrapada en un matrimonio que se había convertido en un tormento.

Nikos estaba furioso todo el tiempo. Dominado por la misma furia que lo había poseído cuando envió a Diana, su preciosa y seductora esposa, su intocable esposa, de vuelta a lo que más amaba en el mundo: la gran casa de Greymont y el estilo de vida que iba con ella, lo único que le importaba.

Seguía haciendo su vida, pero por dentro se sentía como anestesiado. Sabía que debía dejar ir a Diana, que reteniéndola a su lado en aquel matrimonio imposible solo estaba atormentándose y, sin embargo, dejarla ir le parecía peor.

«No debería ser así».

Su matrimonio debería haberle dado todo lo que quería. Diana, su esposa trofeo, le daría el sitio en el mundo que el rechazo de su madre le había negado. Diana, tan elegante y bella, la esposa perfecta, sería la declaración de su éxito en la vida.

Diana, su doncella de hielo, se derretiría por él y solo por él…

Pero ella lo había rechazado del modo más brutal.

«Se derritió entre mis brazos bajo las estrellas del desierto. Pensé que era a mí a quien deseaba». «¿Cómo no iba pensar eso después de lo que fuimos el uno para el otro durante esos días que parecieron unirnos en cuerpo y alma?».

Recordó entonces lo que había pensado el día que volvió con ella después de la desastrosa reunión con el Ministro de Desarrollo, las preguntas que se había hecho. ¿Podía ser Diana algo más de lo que había imaginado? ¿Se cansaría de ella alguna vez?

No había encontrado respuesta a esas preguntas, pero ya no importaba.

Qué arrogante había sido. Qué arrogancia pensar que podría fundir a la doncella de hielo. No había nada que fundir, nada en absoluto, porque solo había una cosa que Diana valoraba.

Y no era él.

Lo único que Diana quería era preservar su precioso estilo de vida, su gran casa ancestral. Eso era lo único que le importaba, lo único que valoraba.

Igual que su madre.

Su esposa, su hermosa y helada esposa, helada hasta el fondo de su alma, era igual que ella. Igual que la mujer que lo había echado del *château*, que lo había rechazado.

Como había hecho Diana.

Esa era la verdad con la que tenía que enfrentarse cada día; una verdad que quemaba como el ácido en su garganta, en sus entrañas. Que se lo comía vivo.

Podía sentirlo ahora, como lo sentía día y noche, durante una recepción en la sede de un banco de inversiones en París. Pero mientras hablaba de oportunidades de negocios con el director del banco, Nikos apenas era capaz de seguir la conversación.

Por el rabillo del ojo vio que alguien se acercaba. Un hombre más o menos de su edad, con un aspecto vagamente familiar. ¿Lo conocía?

–*Monsieur* Tramontes, me gustaría hablar un momento con usted, si es posible.

Debía ser alguien notable porque de inmediato el director del banco se despidió para dejarlos solos.

–¿Nos conocemos? –le preguntó.

–No –se limitó a responder el extraño.

Nikos frunció el ceño.

–Perdóneme, pero su rostro me resulta familiar…

El hombre metió la mano en el bolsillo de la chaqueta y sacó un tarjetero de plata.

–Esto podría explicarlo –le dijo, ofreciéndole una tarjeta.

Nikos leyó el nombre y se quedó inmóvil, atónito.

Y, por primera vez en mucho tiempo, se olvidó de Diana, su fría esposa trofeo.

Capítulo 10

DIANA estaba en la rosaleda, cortando flores que dejaba caer sobre una cesta de mimbre a sus pies mientras escuchaba el canto de los pájaros. El sol del verano se colaba a través de los árboles que protegían Greymont del mundo exterior. Era un día precioso y debería experimentar una sensación de paz y felicidad.

Pero no era así. Se sentía atormentada.

«¿Cómo voy a poder soportarlo?».

Dos años, había dicho Nikos. Dos años atada a aquel matrimonio. Dos interminables años soportando aquella horrible y amarga existencia, atada a un marido que una vez le había parecido un regalo del cielo.

Su único respiro era el tiempo que pasaba allí, en Greymont, cuando Nikos estaba de viaje y no la quería a su lado. Solo entonces podía volver allí para disfrutar del consuelo y el refugio que le ofrecía su casa.

Ese era el precio que debía pagar por Greymont, para mantenerla a salvo. Y estaba a salvo, ese era su único consuelo. Había parado las obras, pero las reparaciones más importantes ya estaban terminadas. La estructura de la casa estaba asegurada. En cuanto al resto… bueno, no quería pensar en eso por el momento. Tal vez en el futuro, cuando se hubiera librado de Nikos, cuando fuese libre…

¿Libre?

Esa palabra parecía reírse de ella. Nunca se libraría de Nikos. Era demasiado tarde.

Suspirando, siguió cortando las aromáticas flores de pétalos tan perfectos, fragantes y hermosos. Cuando tuvo suficientes, entró en la casa. Colocaría los ramos en el salón, una tarea en la que siempre había encontrado solaz.

Pero cuando salió de la rosaleda se detuvo, frunciendo el ceño. Dos coches subían por el camino, podía verlos entre los árboles. Dos coches largos, negros, con las ventanillas tintadas.

¿Quién sería? Ella no esperaba a nadie.

Se lavó las manos y entró en la casa a través del invernadero, dejando las flores en agua.

Salió al amplio porche, sin molestarse en llamar a Hudson, cuando los dos coches llegaban a la casa. Inmediatamente, varios hombres altos con traje de chaqueta oscuro salieron del segundo vehículo para rodear al primero. Diana estaba asustada. No entendía nada…

Una mujer salió del primer coche y corrió hacia ella mientras los hombres miraban alrededor, como preparados para enfrentarse con cualquier amenaza.

–¡Alteza! –exclamó, perpleja.

–Querida señora Tramontes.

La princesa Fátima saludó a Diana con simpatía y luego se volvió hacia otra mujer, que había salido del coche tras ella, para decirle algo en árabe. La mujer, que debía ser una criada, doncella o guardaespaldas, empujó la puerta y dio un paso atrás para dejar pasar a la princesa.

–Espero que no le moleste que haya venido. No he podido resistirme a hacerle una visita.

Ver a la princesa había liberado una tormenta de recuerdos y emociones, pero Diana recordó sus buenas maneras mientras intentaba no desmoronarse.

–Al contrario. Me siento muy hornada, Alteza –respondió mecánicamente–. Pero no estoy preparada y me temo que no podré ofrecerle el recibimiento que merece.

La princesa hizo un gesto con la mano.

–Es culpa mía por no haber avisado con antelación –respondió, mirando la escalera de mármol, las paredes llenas de cuadros, el enorme vestíbulo con chimenea–. Su casa es tal y como la había descrito, absolutamente preciosa. Estoy deseando verlo todo.

–Por supuesto, Alteza.

–Pero antes, ¿sería demasiado pedir que tomásemos un té?

–Por supuesto que no.

Mientras la princesa se sentaba en uno de los sofás, y la otra mujer se situaba frente a una de las ventanas, mirando a un lado y a otro como si estuviese de guardia, Diana dio órdenes a Hudson.

–Me encanta estar aquí –dijo Fátima–. Pero siéntese, por favor.

La princesa se dedicó a hacer un panegírico de los encantos de Greymont hasta que la señora Hudson entró con la bandeja del té.

–¡Panecillos recién hechos! –exclamó, encantada.

Comió con entusiasmo, charlando sin parar para alivio de Diana, que no sentía el menor deseo de conversar. Le habló sobre los progresos de las obras en su recién adquirida casa de campo y expresó su alegría por el regalo que le había enviado, un antiguo vestido de seda bordada con polisón que pensaba exhibir en uno de sus salones privados.

Mientras Fátima expresaba su alegría, una sombra oscureció la expresión de Diana. Recordaba aquel día, cuando volvían del palacio, hablando del regalo que debía hacerle a la princesa a cambio del precioso vestido de alta costura…

El dolor era brutal. Ver a Fátima de nuevo, recordar el regalo que les había hecho, el nido de amor en el desierto…

El recuerdo era insoportable, indeleble.

¿Habría visto Fátima esa sombra en sus ojos? No podía estar segura, pero la princesa dijo algo en árabe y la mujer, su doncella o guardaespaldas, salió del salón.

Entonces se volvió hacia ella y le preguntó con tono serio:

–¿Qué ocurre, querida?

Diana se puso tensa.

–No ocurre nada, Alteza –respondió, intentando sonreír.

Pero la princesa levantó una imperiosa mano, sus anillos y pulseras brillando bajo el sol de la tarde.

–Hay una tristeza en su rostro que no debería estar ahí. No lo estaba cuando nos conocimos. Cuénteme qué le pasa –insistió.

Y entonces, sin poder evitarlo, Diana empezó a llorar.

Nikos miraba con expresión helada la tarjeta con cantos dorados que tenía en la mano.

–No tengo nada que decirle –le espetó.

Iba a dar media vuelta, pero el hombre lo tomó del brazo.

–Pero yo tengo muchas cosas que decirte a ti –respondió, tuteándolo.

Había arrogancia en su tono, pero también algo más. Algo que hizo que Nikos se detuviese.

Los ojos del hombre, casi tan oscuros como los suyos, estaban clavados en él, como si quisiera retenerlo solo con la mirada.

–Nuestra madre desea verte.

Nikos hizo una mueca.

–Yo no tengo madre –replicó, sin poder disimular su amargura.

Vio un brillo de tristeza en los ojos del hombre, aquel hombre que era su hermanastro, hijo de la misma mujer que lo había traído al mundo, un bastardo, un hijo no reconocido, entregado a unos padres de acogida, rechazado y descartado.

–Puede que eso sea cierto antes de lo que imaginas –dijo el extraño entonces–. Tienen que operarla y es una operación muy arriesgada. Puede que no sobreviva y por esa razón… por esa razón he aceptado venir a buscarte y llevarte a su lado.

–¿Estás loco? –le espetó Nikos, airado–. Me echó de su casa cuando intenté hablar con ella. Incluso se negó a admitir que era mi madre.

Vio un rictus de dolor en el rostro del hombre. Su hermanastro, un extraño, nada más que eso.

–Hay cosas que debes saber, que yo debo aclararte, sobre mi padre. Mi difunto padre.

Nikos volvió a mirar la tarjeta.

Le Comte du Plassis

Pero si aquel hombre era el conde…

–Mi padre ha muerto –le explicó su hermanastro–. Murió hace tres meses y por eso todo ha cambiado, por eso hay cosas que debo explicarte. ¿Dónde podemos hablar? Es esencial que hable contigo.

Durante unos segundos, Nikos miró esos ojos que le resultaban tan familiares, en un rostro tan parecido al suyo y, por fin, asintió con la cabeza.

Dentro de su pecho, sus pulmones parecían oprimidos por barras de hierro.

Diana seguía sollozando. Estaba indignada consigo misma, pero no podía parar. La princesa se había sentado a su lado y apretaba su mano.

–Querida amiga, ¿qué ocurre? –le preguntó, mirándola con simpatía y compasión.

Diana siguió llorando hasta que, por fin, consiguió calmarse lo suficiente como para disculparse.

–Lo siento muchísimo, Alteza –murmuró, tomando un pañuelo de papel para secarse las lágrimas.

Pero la princesa no parecía ofendida. Al contrario, sirvió otra taza de té y se la ofreció con gesto comprensivo.

–Debe contármelo todo –le dijo–. ¿Qué ha ocurrido entre usted y su apuesto marido? No me diga que no ha pasado nada porque no la creeré.

–Alteza…

–Perdóneme por hablar tan francamente, pero ninguna recién casada llora así por otra razón.

Diana tomó un sorbo de té y dejó la taza sobre la mesa con manos temblorosas.

–No sé por dónde empezar.

–Sé que en el mundo occidental la costumbre es que los matrimonios estén basados en el amor, pero no siempre es el caso, ¿verdad? Para los europeos, nuestras costumbres son anticuadas, pero para aquellos que han nacido con responsabilidades que van más allá que su propia felicidad, tal costumbre no siempre es la apropiada –dijo la princesa, esbozando una sonrisa–. Tal vez somos más parecidas de lo que creemos. En algún momento yo tendré que contraer matrimonio y no elegiré a mi marido pensando solo en mi felicidad. Tal vez eso es algo que usted puede entender, algo que usted misma ha hecho –agregó, sosteniendo su mirada con gesto interrogante–. Cuando nos conocimos le dije que su marido debía ser lo más importante en su vida, más importante que nada, pero tal vez… –Fátima hizo una pausa, mirando alrededor– tal vez no lo sea. ¿Estoy equivocada?

Diana se miró las manos durante unos segundos, en silencio.

–Quería salvar mi casa, mi hogar –empezó a decir, con una voz cargada de dolor–. Es lo más querido del mundo para mí y estaba dispuesta a hacer lo que fuera necesario para salvarlo… –le contó, haciendo un esfuerzo para contener un sollozo–. Incluso casarme –agregó, tomando aire–. Y eso es lo que hice. Me casé para salvar mi casa, mi herencia. Para honrar el sacrificio de mi padre. Mi madre lo abandonó cuando yo era niña, pero él decidió no volver a casarse, renunció a buscar la felicidad. Lo hizo por mí.

–Ya veo –murmuró la princesa.

–En Inglaterra, la tradición es que los hijos varones hereden el patrimonio familiar, a menos que no los haya. Mi padre sabía lo importante que era Greymont para mí. Me daba seguridad y la sensación de continuidad que tan desesperadamente necesitaba cuando mi madre nos abandonó, así que renunció a ser feliz para asegurarse mi felicidad –Diana suspiró–. Cuando murió y descubrí que necesitaba mucho dinero para honrar el sacrificio que hizo por mí, tomé la decisión de casarme con Nikos. Sin el dinero necesario para las reformas, Greymont habría caído en el deterioro y la ruina… y yo no podía permitirlo.

La princesa asintió con la cabeza.

–De modo que se casó con el apuesto señor Tramontes, que tenía fortuna suficiente para salvar Greymont –murmuró–. No me parece una decisión absurda. Era un matrimonio que tenía sentido, ¿no? Su marido aseguraba el futuro de su hogar y usted, querida señora Tramontes, aportaba belleza y elegancia, un tesoro para cualquier hombre. Entonces, ¿qué ha pasado?

Diana, angustiada, arrugó el pañuelo que tenía en la mano.

–Yo pensé… pensé que él se casaba conmigo solo por interés, porque éramos útiles el uno para el otro. Pensé que esa era la única razón y que sería suficiente, pero entonces…

–¿Qué pasó?

Diana contuvo un sollozo.

–Su amabilidad, Alteza, su generosidad y la de su hermano obraron maravillas, pero fue algo desastroso para mí. Desastroso porque…

No podía seguir hablando. Era incapaz de admitir lo que había pasado bajo las estrellas del desierto en la fantasía de *Las Mil y Una Noches* a la que se había entregado de modo tan temerario, tan estúpido.

La princesa tomó sus manos.

–Dígame por qué fue tan desastroso para usted.

Lo preguntaba con tono amable, compasivo y autoritario también, pero no era la orden de una princesa sino la de una mujer que conocía a las mujeres y sus emociones.

Y, con voz entrecortada, tartamudeando, Diana se lo contó.

La princesa se quedó en silencio. Solo se escuchaba el canto de los pájaros a través de la ventana abierta, el de un cortacésped más allá de la rosaleda.

–Mi pobre amiga –dijo Fátima por fin–. Mi pobre, querida amiga.

El pequeño café estaba casi desierto. Habían pedido dos cervezas, pero ninguno de los dos la había tocado.

–Mi padre no era un hombre de trato fácil –estaba diciendo Antoine, el conde de Plassis, su hermanastro–. Era mucho mayor que nuestra madre, un hombre difícil y exigente que nunca debería haberse casado. Con el que ninguna mujer debería haberse casado –se corrigió a sí mismo–. Pero ya era demasiado tarde. Era su mujer, su *comtesse*, y exigía que se comportarse de la forma que él consideraba apropiada. Y la mayor exigencia era, por supuesto, que le diese un heredero. Mi madre me quería, pero no se le permitía pasar demasiado tiempo conmigo. Tenía niñeras, enfermeras, una gobernanta, un tutor, un internado. Luego la universidad, la academia militar... –Antoine se encogió de hombros–. Mientras tanto, mi madre se sentía sola, abandonada. Entonces conoció a tu padre y, a pesar de su reputación de mujeriego, creyó haber encontrado al amor de su vida. Cuando quedó embarazada, él la abandonó y eso le rompió el corazón. Y entonces... –Antoine tomó un largo trago de cerveza, como si tuviera la boca seca–. Entonces mi padre le dio el golpe de gracia. La obligó a elegir, le dijo que era libre de irse a Grecia ese mismo día para echarse a los pies de su amante o criar a su hijo bastardo como madre soltera. Pero si decidía hacerlo habría consecuencias. No volvería a verme y yo lo perdería todo menos el título. Mi padre no podía quitarme eso, pero todo lo demás sería vendido el día de su muerte. Mi herencia, el *château*, las tierras, las propiedades y la fortuna de los Plassis. Me dejaría sin un céntimo.

Nikos vio que su hermanastro apretaba los puños, como estrangulando a una víctima invisible.

–Ella no quiso aceptar. No iba a dejarme a merced de un padre despiadado, sabiendo que mi única herencia sería un título. Sabiendo que me habría abandonado a mi suerte –siguió Antoine, con gesto ensombrecido–. Pensó que tú estarías mejor viviendo con una familia de acogida, sin conocerla nunca. Pensó que eso le daría cierta estabilidad a su vida, aunque fuese imperfecta.

Mientras su hermanastro tomaba otro trago de cerveza, como para darse valor, Nikos experimentó una oleada de turbias emociones, como un lastre hundido en las profundidades de un mar desconocido.

Antoine dejó el vaso sobre la mesa.

–Cuando fuiste a verla, ella sabía que nada había cambiado y nada podía cambiar. Yo ya era adulto, por supuesto, y ni siquiera mi padre podría haberme apartado de ella, pero la amenaza de desheredarme seguía pendiendo sobre su cabeza. Ella sabía que tú estabas protegido económicamente, que tu padre biológico había dejado una gran suma de dinero para ti que recibirías cuando cumplieses la mayoría de edad.

–¡También él puede irse al infierno! –exclamó Nikos–. No acepté un céntimo de un hombre que me había repudiado.

–No hemos tenido buenos padres, ¿verdad? –Antoine levantó una mano y en el sello de oro que llevaba en el dedo meñique Nikos vio siglos de aristocracia–. Pero no pienso eso de nuestra madre –su hermanastro se quedó en silencio un momento–. Ve a verla, Nikos. Está muy enferma. La operación es arriesgada y ella la ha retrasado durante años, esperando que su marido muriese. Solo ahora, con mi herencia asegurada, ha decidido arriesgarse a intentar hacer las paces contigo antes de morir –Antoine dejó escapar un largo suspiro–. La culpas a ella y lo entiendo. También yo estaría amargado, pero espero de todo corazón que puedas perdonarla algún día, entenderla y aceptar el amor que siente por ti a pesar de lo que hizo.

Nikos cerró los ojos. No podía hablar, no podía responder. Pero, a pesar del sentimiento de amargura, de rabia, que había permanecido en su corazón durante tanto tiempo, sentía que solo podía haber una respuesta.

–¿Dónde está? –le preguntó por fin.

Diana estaba en el porche de Greymont, atónita. Caía la tarde y podía oír a los cuervos graznando en la marquesina, un búho a lo lejos. Hacía calor, pero no podía sentirlo mientras miraba los coches alejándose hacia la verja de entrada.

La princesa Fátima se iba de Greymont, dejando un regalo de incalculable valor para ella.

–Alteza, no puedo aceptarlo. Es imposible –le había dicho.

Fátima levantó una mano imperiosa.

–Me ofenderá si no lo acepta –había dicho–. Por favor –le rogó después, con tono afectuoso.

De modo que Diana había aceptado el regalo...

Los coches negros desaparecieron por la avenida y ella volvió al interior de la casa. Entró en la oficina, sacó un talonario del cajón y, con mano temblorosa, firmó el cheque que había anhelado con todo su ser poder firmar algún día.

El cheque que la liberaría del único hombre del que no podría librarse nunca.

Por mucho dinero que le devolviese.

Nikos estaba sentado en su jet, recorriendo el espacio aéreo que separaba Francia de Inglaterra. Miles de pensamientos daban vueltas en su cabeza, miles de emociones se turnaban en su corazón.

La mujer en la cama del hospital le había parecido tan frágil, tan delgada y pequeña. Parecía imposible que hubiera traído al mundo a los dos hijos que estaban a los pies de la cama.

El hijo al que había elegido y el hijo que la había odiado durante toda su vida.

Pero ya no podía odiarla.

Al verlo, los ojos de su madre se habían llenado

de lágrimas; lágrimas silenciosas que rodaban por sus demacradas mejillas.

Antoine había dado un paso adelante para consolarla, pero ella había levantado una mano con dificultad, señalando al hijo al que había abandonado, al que había rechazado tantos años atrás.

–Lo siento tanto –le había dicho, casi sin voz–. Lo siento tantísimo.

Nikos se quedó inmóvil. Tantos años de odio, de desprecio.

Luego, lentamente, se había acercado al borde de la cama para tomar su mano y, por primera vez en la vida, la primera vez desde su nacimiento, la había tocado.

Había tocado a su madre.

Durante un segundo, la mano había permanecido inerte en la suya. Y luego, con una convulsión que había sacudido su frágil cuerpo, había apretado sus dedos, agarrándose a él con una desesperación que revelaba sus sentimientos mucho mejor que cualquier cosa que pudiese haber dicho.

Nikos se había dejado caer sobre una silla, a su lado, apretando esa mano tan frágil, experimentando una emoción poderosa, casi intolerable.

–Gracias –murmuró ella.

Su voz era débil y sus ojos oscuros estaban hundidos en un rostro donde las marcas de la enfermedad eran claramente visibles.

–Gracias, hijos míos. Mis queridos hijos.

Nikos tenía un nudo en la garganta, como un garrote alrededor de su cuello.

Antoine tomó la otra mano de su madre para llevársela a los labios.

–Mamá…

En la voz de su hermanastro había un universo de amor y Nikos había sentido un eco de esa palabra dentro de sí mismo. Un eco que se convirtió en la propia palabra. Una palabra imposible, una palabra que no había pronunciado en toda su vida.

«Mamá».

Escuchó de nuevo esa palabra, sentado en el jet que lo devolvía a Inglaterra, y de nuevo sintió la emoción que lo había sobrecogido. Y otra emoción muy diferente cuando un hombre con bata de cirujano entró en la habitación.

–Lo lamento, *monsieur*, pero es hora de marcharse. *Madame la comtesse* tiene que entrar en quirófano.

Nikos sintió un miedo oscuro y primitivo, urgente y ciego.

«Que no sea demasiado tarde. No dejes que haya encontrado a mi madre por fin para perderla de nuevo».

Y ahora, mientras los poderosos motores del jet lo llevaban al otro lado del Canal, volvió a sentir ese miedo.

Pero en aquella ocasión no era por su madre.

«Que no sea demasiado tarde, Dios mío, que no sea demasiado tarde».

Que no fuese demasiado tarde para aprender la lección que le había enseñado encontrar a su madre. Porque ahora sabía que debía arriesgarse, por eso volvía a Inglaterra.

A Diana.

Pero cuando encendió su ordenador, intentando encontrar la distracción que tan desesperadamente necesitaba, se dio cuenta de que era demasiado tarde.

El primer correo era de su abogado.

Su esposa había pedido el divorcio.

Y el dinero que se había gastado en Greymont, el dinero que Diana le debía, había sido devuelto.

Hasta el último céntimo.

Capítulo 11

DIANA miraba a Gerald, sentado al otro lado del escritorio.

–¿Cómo que ha dicho que no?

Recordaba haber estado sentada en esa misma silla, en aquella misma oficina, tras la muerte de su padre, negándose a vender su querido hogar. Diciéndole a Gerald que encontraría un marido rico.

Bueno, lo había hecho. Lo había hecho y había pagado el precio por ello.

Pero no con dinero. Se sentía enormemente agradecida a la princesa Fátima, que había insistido en prestarle una enorme suma y le daba igual el tiempo que tardase en devolvérsela.

No, había pagado por lo que quería con algo que estaba costándole mucho más y que nunca sería retribuido. Aunque intentase romper los lazos legales que la ataban a su marido. Porque había otros lazos que la ataban a él, que siempre la atarían a él.

–Sencillamente, ha dicho que no acepta el divorcio –respondió Gerald–. Te lo advertí, Diana. Te advertí sobre este matrimonio y sobre el acuerdo de separación de bienes que él te pidió que firmases…

–Esto no tiene nada que ver con el acuerdo de separación de bienes. No quiero un céntimo de él, todo lo contrario. Por eso le he enviado el dinero, todo lo que pagó, directamente a su cuenta. No tiene ninguna razón para no darme el divorcio –Diana apretó los labios–. No tiene razones para negármelo.

–Salvo que la ley le permite hacerlo, con independencia de las razones que tú creas tener. Y no tienes ninguna, ¿no? No ha sido infiel, no ha sido cruel contigo...

Diana hizo una mueca. ¿Cruel? ¿Qué otra cosa había sido esos últimos meses de pesadilla, desde que insistió en recuperar lo que había comprado? Exigiendo que estuviese a su lado, como la esposa perfecta, hermosa, decorativa, la envidia de todos. La inmaculada esposa que se movía en los círculos de la alta sociedad como pez en el agua, siempre con la palabra correcta, el tono apropiado.

Desde fuera parecía una vida privilegiada, un matrimonio perfecto. ¿Cómo podía pensar nadie que Nikos era cruel? ¿Cómo podía nadie haber visto que sangraba por dentro día tras día, sin esperanza de alivio, soportando su ira, su indiferencia?

Porque se negaba a aceptar el matrimonio que él había esperado, dando por sentado que sería consumado y negándose a entender que eso era, sencillamente, imposible para ella. Imposible.

Diana no quería preguntarse por qué el matrimonio que él quería era imposible. Y tampoco quería recordar los momentos que desmentían sus negativas, pero esos recuerdos la perseguían como un tormento, una agonía. El recuerdo de sus cuerpos unidos bajo las estrellas, ardiendo de éxtasis...

–Si no tienes razones para pedir el divorcio, tendrás que esperar hasta que puedas divorciarte de él sin necesidad de acuerdo –dijo Gerald entonces–. Y me temo que serán cinco años.

Ella lo miró, incrédula.

–¿Cinco años?

Gerald asintió.

–A menos que puedas convencerlo para que acepte el final de vuestro matrimonio –le dijo, mirando unos papeles–. Puede que lo hagas cambiar de opinión, Diana. Tu marido ha indicado que quiere discutir el asunto contigo personalmente.

–No quiero verlo –se apresuró a decir ella–. No podría volver a verlo.

–Entonces, tendrás que esperar cinco años para divorciarte –repitió Gerald, implacable.

Ella cerró los ojos, angustiada. Verlo de nuevo sería una tortura, pero si era la única forma de convencerlo para terminar con aquella pesadilla de matrimonio…

–¿Cuándo y dónde quiere que nos veamos? –le preguntó.

Un chófer uniformado estaba esperándola en el aeropuerto Charles de Gaulle, en París. No le dijo dónde iba a llevarla, pero Diana se dio cuenta de que la reunión con Nikos no tendría lugar en París porque el conductor se dirigía hacia el oeste, hacia la región de Normandía. Daba igual, no tenía sentido preguntar.

Nikos había exigido ese encuentro y ella no estaba en posición de rechazarlo si quería librarse de las cadenas de aquel tortuoso matrimonio, pero sentía aprensión al pensar que debía enfrentarse con él para rogarle su libertad.

El viaje pareció durar una eternidad, más que el viaje de Londres a París, y cuando por fin llegaron a su destino, en el corazón de la campiña normanda, era más de mediodía.

Diana frunció el ceño mientras bajaba del coche, mirando el *château* de piedra clara de Caen, grandioso y elegante, flanqueado por álamos y jardines ornamentales, con un riachuelo brillando bajo el sol. Era una casa preciosa, como de cuento de hadas, pero no estaba de humor para apreciar su belleza. ¿Por qué estaba allí? ¿Nikos había comprado aquella casa? Claro que podría ser un hotel, pensó entonces.

Un hombre alto de pelo oscuro salió del *château* y, por un momento, Diana pensó que era Nikos.

–Bienvenida al *château* de Plassis –la saludó el desconocido–. Soy Antoine de Plassis. Entre, por favor.

Diana lo siguió, extrañada. El interior era amplio y fresco, con un aire de antigüedad que le resultaba familiar. Era una magnífica casa de campo, como Greymont, pero en otro país.

–¿Nikos está aquí? –le preguntó, mientras seguía a su anfitrión.

El hombre alto y moreno, a quien por un momento había confundido con Nikos, se volvió para mirarla.

–Por supuesto.

Abrió una doble puerta y se apartó para dejarla pasar. Era un salón precioso, con cuadros enmarcados en pan de oro y una enorme chimenea francesa. Pero Diana apenas se fijó porque Nikos estaba levantándose de un sofá estilo Louis XV y solo tenía ojos para él.

Él le dijo algo en francés a su anfitrión. Diana no lo entendió, y tampoco la respuesta de Antoine.

Antoine…

Cuando volvió a mirar a su anfitrión, a mirarlo bien, Diana hizo un gesto de incredulidad.

El francés era un hombre elegante, algo menos alto que Nikos, menos imponente, con facciones menos distintivas. El pelo más corto, menos oscuro, como sus ojos, pero el parecido era innegable.

–No entiendo… –empezó a decir.

–Antoine es mi hermanastro –le explicó Nikos–. El conde de Plassis.

Diana frunció el ceño, intentando entender. Nikos tenía un hermanastro del que ella no sabía nada.

–Os dejo solos para que habléis –dijo el conde.

Antoine salió del salón y, cuando cerró la puerta, de repente la habitación pareció empequeñecer. Diana se dejó caer sobre un sillón, abrumada de tensión e incertidumbre.

–No entiendo –repitió.

¿Para que la había hecho ir allí, con qué propósito?

Miró a Nikos, aunque le dolía mirarlo. Siempre le dolería mirarlo. Esa era la verdad de la que no podía escapar. Podría escapar de su matrimonio, pero siempre le dolería pensar en él, recordarlo.

«Siempre me dolerá verlo».

Él se quedó en silencio un momento, mirándola con aparente frialdad. Pero bajo la máscara de frialdad latía una poderosa emoción. Se colocó frente a la chimenea, con una mano apoyada en la repisa.

–Tengo que hablar contigo sobre cosas de las que nunca hemos hablado… necesito que entiendas por qué me he portado contigo como lo he hecho durante los últimos meses. Por qué he sido tan hostil.

Ella lo miraba con el estómago encogido. Estaba allí para suplicarle que rompiesen su matrimonio, que la liberase de su angustia. No quería escuchar nada que no fuese su conformidad.

–No tienes que explicarme nada, Nikos. Has sido así porque no quería acostarme contigo. Pensaste desde el principio que el sexo sería parte del acuerdo y mi negativa te enfureció.

Había hablado con brusquedad, pero le daba igual. En los ojos oscuros vio un brillo de ira. ¿No le gustaba que hablase con claridad? Peor para él porque era cierto, por mucho que lo ofendiese.

–No era por eso –dijo Nikos entonces–. O no exactamente lo que tú das a entender. Escúchame, Diana –su expresión cambió de repente. La ira desapareció y, en su lugar, vio una tristeza que hacía eco en su propio rostro–. Escúchame, Diana, por favor.

Dejó caer los hombros y ella pensó que nunca lo había visto así, tan derrotado. Nikos siempre parecía tan seguro de sí mismo, tan al mando de cualquier situación. Y en los últimos meses de su matrimonio se había convertido en un ser helado, decidido a mantenerla a raya, pero atada a su lado.

¿Había cambiado porque por fin quería liberarse de él?

No, era algo más que la devolución de la deuda y la demanda de divorcio, pensó. Nikos parecía… asustado. Mientras lo miraba, experimentó una emoción que no había experimentado nunca desde que lo conoció.

«La misma que sentí por mi padre cuando mi madre lo abandonó».

Compasión.

¿Sentía compasión por él?

No quería sentir compasión por él. No quería sentir nada por él y le daba igual lo que dijera o cómo la mirase. Estaba allí para romper su matrimonio, nada más. Y nada de lo que dijese podría alterar eso.

–Me porté así, Diana, porque tu reacción cuando volvimos del desierto me demostró que no sabía qué clase de persona eras –Nikos hizo una pausa y ella sintió su mirada como un peso imposible de soportar–. Una mujer como mi madre.

Ella frunció el ceño, confundida. ¿Por qué estaba Nikos allí, en la casa de un hermanastro que ella no sabía que tuviese?

Su confusión aumentó al recordar que le había propuesto aquel matrimonio de conveniencia por su apellido y su estatus social, para entrar en el mundo de la alta sociedad.

«Pero su hermanastro es un conde francés».

Él se movió entonces, inquieto, sacudiendo la cabeza como si estuviese mirando hacia dentro, hacia su pasado, del que ella no sabía nada.

Empezó a hablar despacio, como si le costase hacerlo, como si le arrancasen las palabras:

–Mi madre era la condesa de Plassis, la esposa del padre de Antoine. Un hombre que no era mi padre, por supuesto –Nikos apartó la mano de la chimenea, como si no tuviese derecho a apoyarla allí–. Mi padre biológico era un famoso magnate griego. Si te dijese su nombre, lo conocerías. Era un notorio mujeriego, acostumbrado a tener aventuras con mujeres casadas porque si había repercusiones, siempre habría un marido a mano para solucionarlo –Nikos tragó saliva–. Como hizo el padre de Antoine. A mí me enviaron con una familia de acogida. No fueron malos conmigo, solo desinteresados. Me enviaron a un internado y luego a la universidad, en Francia. A los veintiún años, cuando terminé la carrera, recibí una carta de un abogado parisino. Él me dijo quiénes eran mis padres. Me dijo también que mi padre había dejado una gran cantidad de dinero para mí… si firmaba un documento que me prohibía buscarlo o hacer una demanda de paternidad –su tono era brusco, como un cuchillo cortando el aire–. Yo rompí el cheque y salí del bufete sin mirar atrás porque no quería saber nada del hombre que había repudiado a su propio hijo. Luego fui a buscar a mi madre…

Se detuvo abruptamente para mirar alrededor y, en su expresión, Diana vio algo que no había visto antes. Algo que la hizo sentir de nuevo lo que había sentido cuando empezó a hablar, esa extraña oleada de compasión.

Parecía demacrado, angustiado.

–Ella me echó de aquí, no quiso saber nada de mí. Me dijo que no volviese nunca. No quería saber nada del hijo al que había abandonado –Nikos hizo una pausa–. Me rechazó.

La miraba como la había mirado su padre cuando recordaba a la esposa que lo había abandonado.

–Me marché –siguió diciendo Nikos– jurando no volver a buscarla, decidido a olvidarme de mis padres como ellos se habían olvidado de mí. Adopté un nuevo nombre, el mío propio y de nadie más, maldiciéndolos. Estaba decidido a demostrarles que no los necesitaba, que podía conseguir todo lo que quería por mí mismo, sin ellos. Y demostré ser hijo de mi padre porque todo lo que tocaba se convertía en oro, como hace él. Gané una fortuna y conseguí lo mismo que él poseía: la gran casa, el lujoso estilo de vida, una bella amante del brazo. Pero eso no era suficiente. Quería tener lo que mi madre me había negado, mi sitio en el mundo del que ella venía, el mundo del que tú vienes, Diana. Casándome contigo conseguiría mi lugar en ese mundo, pero también obtendría algo más. Algo que quise desde el momento que te vi.

Cambió de postura, inquieto, y luego volvió a mirarla. Y su expresión ya no era impenetrable, sino abierta, desnuda. Melancólica.

–Podía conseguirte a ti, la mujer a la que había deseado desde el primer momento. La mujer a la que pensé que, por fin, había hecho mía, la doncella de hielo a la que había convertido en una esposa cálida, apasionada, que se derretía entre mis brazos, ardiendo de deseo por mí.

–Nikos…

–Solo para descubrir que lo que hubo entre nosotros en el desierto no había significado nada para ti, que yo solo servía para suministrar el dinero necesario para salvar Greymont. Lo único que te importa, tu ancestral casa, tu privilegiado estilo de vida. No querías que turbara eso con mi inconveniente deseo por ti –siguió él, con tono amargo–. Como mi madre había valorado por encima de todo su privilegiado estilo de vida y su elegante *château*, sin pensar en la inconveniente existencia de un hijo indeseado.

Diana quería gritar, pero no podía hacerlo. Quería decirle que estaba equivocado, pero él hizo un gesto con la mano, silenciándola.

–Durante todos estos meses te culpaba por ser como ella, por rechazarme –Nikos hizo una pausa para tomar aliento–. Me enfurecía que hubieras resultado ser como ella, valorando solo tu privilegiada vida. Nada más, a nadie más.

Diana podía ver la amargura en las tensas líneas de su rostro, pero había algo más, algo que se clavaba en su corazón como un puñal.

–Y eso es lo que necesito saber, Diana. ¿Tenía razón al estar tan enfadado contigo? ¿Tenía razón al acusarte de no ser mejor que mi madre? ¿Es Greymont lo único que te importa, lo único que eres capaz de valorar?

Sus ojos eran tan oscuros como pozos, pozos en los que ella estaba cayendo.

Le temblaba la voz cuando respondió, y dentro de su pecho su corazón latía como un martillo.

–Tú sabías que me casaba contigo para proteger Greymont. Tú sabías que…

–¿Pero eso es lo único que te importa, Diana? ¿Eres igual que mi madre, a quien solo importaban la riqueza, el estatus, las posesiones?

La habitación parecía dar vueltas. De repente, como un espectro, Diana vio a su padre, mirándola con una desolación que no podía soportar.

«No era lo bastante rico para tu madre».

La acusación de Nikos le dolía en el alma y se levantó para defenderse, el eco de las palabras de su padre como una espina en el corazón.

–Siento mucho que tu madre te hiciese tanto daño porque yo sé lo que se siente cuando tu madre te abandona –Diana tomó aire, intentando defenderse, justificarse, protegerse–. Cuando tenía diez años, mi madre abandonó a mi padre. Y a mí –su expresión cambió, el recuerdo devolviéndola al pasado–. Como tu madre, ella tampoco me quería. Solo quería la fortuna que un magnate australiano podía ofrecerle y se fue con él. Un hombre que le doblaba la edad y que era inmensamente rico. Cortó todo contacto con nosotros, yo dejé de existir para ella. No le importaba, así que decidí que tampoco ella me importaba a mí.

Nikos estaba atónito. Le había pedido que fuese allí para descubrir la verdad, una verdad de la que tanto dependía. Más de lo que había imaginado.

Bueno, pues ahora tenía la verdad que había buscado.

«Pensé que me había rechazado porque era como mi madre, como yo pensaba que era mi madre».

Pero Diana había sufrido tanto como él. Como él, había sido abandonada, rechazada, por la única mujer que debería haberla adorado.

–Mi padre se convirtió en lo más importante del mundo para mí –siguió diciendo ella–. Era lo único que me quedaba. Mi padre y Greymont.

Mientras recordaba, experimentó un dolor antiguo y familiar, desolador. Sin darse cuenta, se abrazó a sí misma, como para restañar una herida.

–A mi padre le pasó lo mismo. Greymont, y yo nos convertimos en su única razón para vivir. Él sabía lo importante que era Greymont para mí, así que hizo todo lo posible para que nunca la perdiese.

Cerró los ojos un momento, pero luego volvió a abrirlos para mirarlo. Nikos estaba inmóvil, su expresión indescifrable, sus ojos velados. Daba igual, tenía que contárselo.

–Y, para que así fuera, renunció a cualquier esperanza de encontrar a otra persona que lo hiciese feliz. Renunció a casarse de nuevo por mí –Diana suspiró– porque no quería arriesgarse a tener otro hijo que heredase Greymont y me robase la casa que yo tanto amaba. Sacrificó su felicidad por mí y eso hizo imperativo que yo intentase honrar su sacrificio. Él se aseguró de que yo heredase la casa familiar y tenía que salvarla, Nikos. Tenía que hacerlo. Si no, habría traicionado a mi padre, habría traicionado su convicción de que yo conservaría Greymont y la dejaría en herencia a mis hijos.

Diana volvió a mirar alrededor: el elegante salón con sus antigüedades, sus cuadros, los jardines al otro lado de las ventanas, la sensación de historia, tan familiar como Greymont.

Tenía que hacerle ver, hacerle entender…

Capítulo 12

DIANA volvió a mirarlo con gesto implorante.

–Es algo que aquellos que no han nacido en un sitio como este no pueden entender, pero pregúntale a tu hermano si le gustaría desprenderse de este sitio, de su herencia, para ser el conde de Plassis que lo ha perdido y que vive para ver a extraños ocupando su sitio, sabiendo que ya no es suyo –Diana sacudió la cabeza–. Pero sitios como este exigen un precio. Un precio que a veces es demasiado alto.

No vio que la expresión de Nikos cambiaba, no vio el brillo de tristeza en sus ojos. Él sabía bien el precio que había sido pagado para que su hermano heredase aquel sitio.

Y quién lo había pagado.

Sí, él había sido la víctima, pero su madre también había pagado un precio muy alto por su error. Durante años había vivido atrapada en un matrimonio infeliz para preservar la herencia de su hijo. Su marido había sido implacable, negándose a liberarla, castigándola por no amarlo mientras la encadenaba a su lado…

Como él había encadenado a Diana, castigándola por rechazarlo.

Nikos sintió un escalofrío.

«No, yo no soy como él».

Recordaba aquellos días en el desierto...

«Diana entre mis brazos, con las estrellas brillando sobre nuestras cabezas, su rostro iluminado de placer. Diana esbozando una sonrisa de felicidad. Diana dormida entre mis brazos, apoyada en mí, el pelo extendido sobre mi pecho».

Cada uno de esos recuerdos le decía lo que él ya sabía con todas las fibras de su ser.

«Me deseaba tanto como yo la deseaba a ella. Ese deseo prendió fuego entre nosotros, era real para los dos».

¿Cómo podía negarlo?

Un «error» había dicho Diana aquel día. Esa palabra parecía reírse de él.

–Así que me casé contigo para salvar Greymont –estaba diciendo ella, con voz estrangulada–. Por eso me casé contigo, solo por eso.

–¿Con un hombre cuyas caricias no puedes tolerar? ¿A pesar de lo que fuimos el uno para el otro en el desierto?

–Por eso precisamente –respondió Diana–. ¿Cómo puedes estar tan ciego? ¿Es que no lo ves?

Se abrazó a sí misma como si quisiera contener la emoción que sacudía todo su cuerpo, pero las palabras escapaban de su garganta.

–Nikos, cuando fuiste a Greymont y me propusiste matrimonio yo quería aceptar inmediatamente, pero vacilé porque...

Diana apartó la mirada. No podía mirarlo directamente, pero tenía que hablar, tenía que hacerlo.

–Había visto cómo me mirabas en esa cena. Había visto cómo me mirabas en la ópera y en el coche, de vuelta al hotel. Vi en tus ojos lo que había visto en los ojos de otros hombres durante toda mi vida adulta y supe que no podía... –su voz se rompió–. No podía tener eso en nuestro matrimonio, pero estaba desesperada por aceptar tu oferta y me convencí a mí misma de que no era real. Recordar cómo te habías portado durante nuestro compromiso parecía confirmarlo –Diana dejó escapar una risa hueca–. Y durante todo ese tiempo, tú solo estabas esperando que llegase la luna de miel.

En su cabeza, como un ejército invasor, aparecieron los recuerdos y las imágenes de esos días en el desierto. Esos días que no olvidaría nunca.

Pero no necesitaba los recuerdos porque Nikos estaba delante de ella, tan real, tan cerca.

Y tan infinitamente lejos.

Y debía seguir siendo así.

Nikos, el hombre que le había causado más dolor del que ella hubiera creído posible.

–Tú me crees una doncella de hielo, pero he tenido que serlo –musitó, dejando caer las manos a los costados, agotada de contener emociones para que no se apoderasen de ella, para que no la destruyesen–. Ser una doncella de hielo me mantenía a salvo. Un matrimonio de conveniencia me mantenía a salvo.

Silencio. Solo se escuchaba el tictac del reloj de bronce sobre la repisa de la chimenea.

–A salvo –repitió, como si diciéndolo en voz alta pudiera hacerse realidad.

Pero la palabra se reía de ella. ¿A salvo? Casarse con Nikos, el único hombre que era capaz de despertar su sexualidad con una sola mirada, el único hombre capaz de hacerla sentir, había sido el mayor de los riesgos. Y eso era lo que la había llevado allí, ahora, a esa despedida final.

Diana experimentaba el dolor que tanto había temido durante toda su vida. Un dolor salvaje, insoportable.

–Necesitaba ser una doncella de hielo. No quería sentir nada por ningún hombre porque debía protegerme del tormento que sufrió mi padre. ¿Y si lo que le pasó a él me pasaba a mí? Mi madre le rompió el corazón…

Diana dio media vuelta. Tenía que irse. Daba igual el tiempo que Nikos la hiciese esperar el divorcio que la liberaría de las cadenas.

«Pero él me mantiene prisionera con unas cadenas que nunca podré romper».

Se sentía tan desolada que un sollozo escapó de su garganta mientras intentaba encontrar el camino hasta la puerta.

Pero, de repente, unas manos tomaron la suyas. Las fuertes manos de Nikos que lenta, deliberadamente, la obligaban a dar la vuelta para mirarlo.

Cuando la soltó, se sintió helada. Estaba temblando, incapaz de levantar la cabeza para mirarlo.

–Diana –empezó a decir, en un tono que no había escuchado nunca, tentativo, como intentando encontrar su camino en una senda peligrosa–. Tus miedos te han perseguido y se han apoderado de ti, pero debes librarte de ellos.

Ella levantó la cabeza para mirarlo con expresión acongojada.

–Eso no es posible –respondió, con tono apagado–. Tú mejor que nadie deberías saberlo. Esas noches en el desierto… tú no podías entender por qué lo lamentaba tanto, por qué dije que no debería haber ocurrido. Pero ahora sabes por qué. Y yo sé ahora por qué mi rechazo te enfureció tanto... porque te hizo pensar que no era mejor que tu madre, la madre que te rechazó con tanta crueldad.

–Pero ahora sé que no me rechazó... o no quiso rechazarme. La obligaron a hacerlo. Antoine, el hermanastro del que yo no sabía nada, me contó la verdad. Me contó por qué mi madre hizo lo que hizo y luego me llevó a su lado. Está muy enferma, Diana.

Afligido, le contó la triste historia y la milagrosa reconciliación.

–Me di cuenta entonces de lo equivocado que había estado durante toda mi vida. Supe que la había juzgado mal y eso me hizo temer haberte juzgado mal a ti también –le dijo, con expresión sombría–. Pero temía aún más que no fuera así. Los dos hemos estado encadenados a nuestro pasado, atrapados por él. Yo estaba atrapado odiando a una madre que me había rechazado, pero he descubierto que ella misma había estado atrapada por su deseo de proteger a mi hermano. Y tú, Diana, estás atrapada por la deserción de tu madre, atrapada por la gratitud hacia tu padre, por tu sentimiento de culpa, por la compasión que sentías y el miedo que aprendiste de él. El miedo del que yo quiero liberarte.

–Pero ese miedo es real, Nikos. Fue real desde el día que te conocí, cuando por primera vez en mi vida supe que había un hombre que me hacía sentir el poder de ese miedo –replicó ella, con un brillo de angustia en los ojos–. Y era aterradoramente real después de esos días en el desierto.

–Diana...

–Esos días en el desierto me demostraron que hacía bien en tener miedo. Tú pensaste que te rechazaba porque no habían significado nada para mí, pero es todo lo contrario. Así que no puedo salvarme de tal miedo, es imposible –Diana cerró los ojos–. Solo puedo intentar protegerme a mí misma.

Mientras hablaba, entendía la amarga trivialidad de sus palabras. Era demasiado tarde, pero siguió hablando porque no había otro camino para ella. Ninguno salvo aquel; un camino cubierto de cristales rotos que debía recorrer durante el resto de su vida.

–Dame el divorcio, Nikos –le rogó–. Eso es lo que he venido a pedirte.

–¿Para poder librarte de mí? ¿Para estar a salvo de mí?

–Sí –susurró Diana–. Para estar a salvo de ti.

No podía ver su cara, sus ojos clavados en ella, solo podía escuchar su voz.

–¿Y si pudieras estar a salvo? ¿No de mí sino conmigo?

La emoción crecía dentro de él, una emoción que apenas reconocía porque no la había sentido nunca. No la había conocido hasta que vio los ojos de su madre, tumbada en la cama del hospital, tan frágil y patética, esperando la operación que podría arrebatársela para siempre.

Volvió a sentir esa emoción creciendo dentro de él como una ola invisible, imparable. Una emoción que había sentido desde que tuvo a Diana entre sus brazos, bajo las estrellas del desierto.

–A salvo conmigo, Diana –repitió.

Esa extraña y poderosa emoción lo inundó de nuevo. Era una emoción llena de peligros, una emoción que la mujer que tenía delante, y cuyas manos buscaba, conocía tan bien como él.

Pero era un peligro que debía afrontar porque su futuro dependía de eso. Y el futuro de Diana.

«Nuestro futuro».

Sabía que debía hacerlo y, sin embargo, se movió con infinita lentitud y cuidado. Tanto dependía de eso.

«Todo lo que me importa».

Diana clavó sus pálidos dedos en las mangas de su chaqueta, pero él las apartó con delicadeza, encerrándolas en las suyas.

Tomó aire para llenar sus pulmones y ese aire llegó al centro de su ser, a su acelerado corazón. Y con las siguientes palabras lo arriesgó todo; arriesgó el miedo que la había paralizado durante tanto tiempo, dispuesto a liberarla.

–Diana –repitió en voz baja–. A salvo conmigo.

«Siempre».

Ella abrió los ojos y, por fin, levantó la cabeza. Nikos apretó sus manos, tirando de ella, atrayéndola hacia sí.

Diana dio un paso adelante, indecisa, insegura, como si no pudiese evitarlo, como si estuviera acercándose al borde de un precipicio tan alto que la caída sería catastrófica. Tenía los ojos abiertos de par en par y en ellos Nikos vio emoción, miedo y algo más. Algo que ella intentaba esconder. Algo que no era miedo en absoluto y que lo empujó a seguir hablando, a no esconderle nada.

Aquellas eran las palabras más importantes que pronunciaría en toda su vida. Unas palabras que jamás había soñado pronunciar y que llenaban todo su ser, poseyéndolo y transformándolo.

–A salvo, Diana, en el amor que siento por ti.

Lo había dicho. Las palabras que habían arrasado todas sus dudas y miedos, todas las turbulentas emociones que lo habían poseído, arrasadas como el sol del desierto arrasaba las doradas dunas.

Amor, brillante amor.

Amor que brillaba en el cielo, en sus ojos, en su corazón, ahora y para siempre.

Soltó sus manos y la tomó entre sus brazos, sintiendo la suavidad de su cuerpo, oyendo el sollozo ahogado en su garganta. La dejó llorar sobre su pecho, acariciando su pelo, las lágrimas de Diana mojando su camisa.

–¿Lo dices en serio, Nikos? ¿Lo dices de verdad? –susurró.

–¡Sí!

Su respuesta fue instantánea, su abrazo fiero. Esa maravillosa emoción que iluminaba todo su ser descubriendo la verdad. La verdad que había empezaba a formarse en el desierto, bajo las estrellas, con Diana tan hermosa, tan apasionada, tan preciosa para él, y cuyo rechazo le había causado tanto dolor.

Un dolor que él había enmascarado con ira, pero que ya no tenía que enmascarar, ya no tenía que sentir. Porque ahora conocía la emoción que lo había transformado por su verdadero nombre.

–Te quiero, Diana, con todo mi corazón. Espero y rezo para que aceptes mi amor, que no le temas ni huyas de él. El amor… –Nikos puso todo su corazón en esas palabras– que espero que puedas compartir conmigo.

Diana se echó hacia atrás, apoyándose en las manos que sujetaban su espalda, mirándolo con el rostro cubierto de lágrimas.

Por fin era libre de decir lo que tanto había temido decir, incluso a sí misma. Lo que había encerrado dentro de ella, aterrada de haber provocado el mismo destino del que se había protegido durante tanto tiempo.

La atormentada verdad que no había admitido ante nadie, y menos ante sí misma, rechazándola hasta el día que una buena amiga se la había arrancado con una simple pregunta.

Una sencilla pregunta de la princesa Fátima: «¿Qué ha ocurrido entre usted y su apuesto marido?».

Y Diana se lo había contado, la verdad. Como estaba contándosela a Nikos ahora con voz estrangulada.

–Me enamoré de ti en el desierto. No pude evitarlo, no pude protegerme porque tú habías derribado todas mis defensas. Pero yo sabía que estaba condenándome a vivir con el corazón roto –empezó a decir con tono desolado–. Porque cuando nuestro matrimonio terminase, y debía terminar como habíamos acordado, tú seguirías adelante con tu vida y yo me convertiría en mi padre, lamentando la pérdida de un amor que no debería haber sentido, pero que ya no podía matar. Y tú seguirás adelante, Nikos. Digas lo que digas ahora, tú seguirás adelante. Un día te cansarás de mí y...

Nikos tomó su cara entre las manos.

–Te amaré siempre, Diana. Nunca había sabido lo que era el amor, no lo había experimentado en toda mi vida. Hasta que descubrí el amor de mi madre por mí, hasta que supe la verdad sobre ella. Y entonces temí haberte juzgado mal a ti también –Nikos hizo una pausa para tomar aliento–. Y cuando pediste el divorcio me di cuenta de lo que sentía por ti, lo que temía que tú no sintieras, que fueras incapaz de sentir…

Ella lo silenció con un beso. Dejando escapar un grito ahogado, selló sus labios con los suyos, su amor con el suyo. Solo apartándose para decir, con los ojos llenos de lágrimas:

–Los dos tenemos cicatrices que han estado a punto de separarnos para siempre, pero el amor las ha curado y eso es todo lo que necesitamos.

La alegría y el alivio eran tan profundos que le temblaban las piernas. Diana lo abrazó, apoyando la mejilla en su pecho, sintiendo su fuerza, su fortaleza. Cuánto lo quería, cuánto.

Y se sentía a salvo para amarlo… amarlo para siempre.

Dejó escapar un suspiro de auténtica felicidad cuando sintió que besaba su pelo, murmurando palabras de amor.

Entonces él se apartó un poco para mirarla con una sonrisa en los labios y el corazón de Diana dio un vuelco de alegría.

El brillo en los ojos oscuros aceleró su pulso, dejándola sin aliento.

–Qué afortunado, mi querida esposa, que ya seamos marido y mujer porque creo que necesitamos una segunda luna de miel.

Ella dejó escapar una risa trémula, cargada de sensualidad. Y era un sonido que no había oído en tanto tiempo, tantos largos y amargos meses. No había vuelto a escuchar esa deliciosa risa desde que encontraron aquel paraíso en el desierto, un paraíso que estaría en sus corazones para siempre.

–¡Pero si es mediodía! –exclamó Diana, echándole los brazos al cuello para acariciar su pelo, su nuca, su cara.

Sus ojos brillaban de deseo y todos los recuerdos que se había prohibido a sí misma aparecieron, vívidos como nunca, en su mente, calentando su sangre. Cuánto tiempo había pasado desde la última vez que estuvo entre sus brazos.

–Entonces, haremos el amor a mediodía –anunció él, con voz ronca de deseo, devorándola con la mirada.

En ese momento escucharon una discreta tosecilla desde la puerta.

–Me parece muy bien –dijo una voz con acento francés, evidentemente divertida.

Los dos se volvieron inmediatamente. Antoine, el conde de Plessis, estaba frente a la puerta del salón, mirándolos con una sonrisa en los labios.

–Pero, por favor, esperad hasta después de comer.

En su mirada, Diana vio afecto y comprensión.

–Estoy encantado de que os hayáis reconciliado porque sé que mi hermano lo deseaba –siguió el conde, con tono más serio–. Y estoy más encantado aún de poder darle la bienvenida como es debido, *ma chère madame* Tramontes –Antoine dio un paso adelante y tomó la mano de Diana para llevársela a los labios–. *Enchanté, madame*. Creo que es innecesario decir que ha hecho a mi hermano el más feliz de los hombres. Espero de verdad que él sea capaz de hacerla la más feliz de las mujeres. Y con esto concluyo, pero debo advertiros que vuestra presencia es requerida en el comedor *tout de suite* para que mi genial chef pueda presentar el *déjeuner à midi* que ha preparado especialmente para vosotros. En resumen, os aconsejo que no lo enfadéis llegando tarde.

–Por supuesto que no –asintió Nikos.

El conde abrió la puerta del salón con un gesto dramático cargado de buen humor.

–*Venez* –los invitó–. El amor puede esperar, el almuerzo no.

Riendo, del brazo, con sus corazones entrelazados para toda la vida, Nikos y Diana salieron tras él del salón.

A partir de ese momento, durante todos sus días y sus noches, estarían juntos.

Uno al lado del otro.

El uno para el otro.

Epílogo

DIANA estaba sentada frente al tocador de su dormitorio en Greymont, dando los últimos toques a su maquillaje, poniéndose guapa para su querido Nikos. Y para su hermano y su madre, que estaba recuperándose de la operación. Los dos habían llegado esa noche para celebrar su boda, que tendría lugar al día siguiente.

«Nuestra boda de verdad», pensó, sintiendo una oleada de amor y gratitud.

«Que celebraremos en la parroquia del pueblo».

No habría invitados salvo Antoine y la condesa, que serían también los testigos. Testigos de una unión que no sería un matrimonio de conveniencia sino una boda por amor que los uniría durante todas sus vidas.

El matrimonio que ella anhelaba contraer.

Salió del dormitorio y se detuvo un momento en el pasillo, preguntándose cómo podía ser tan feliz, tan afortunada. Su querido hogar, su querido Nikos…

«Pero es al contrario. Es mi querido Nikos y luego mi querido hogar. Y es nuestro, de los dos, y de nuestros hijos cuando los tengamos».

Bajó la escalera de mármol mirando alrededor con un gesto de aprobación. Greymont había sido totalmente restaurada y ahora, con su histórica belleza renovada, podían hacer planes para abrir la casa al público en verano, cuando ellos no estuviesen allí.

Cuánto le habría gustado eso a su padre.

Y cuánto se habría alegrado de su felicidad.

Diana envió una silenciosa plegaria al cielo, llena de amor y gratitud, sonriendo a Hudson, que esperaba al pie de la escalera.

Cuando entró en el salón, Nikos y su hermano se levantaron en un gesto de cortesía. Nikos se acercó para tomar su mano y presentarle a la mujer que estaba sentada frente a la chimenea. Era tan pequeña, tan frágil, pero a pesar de su evidente fatiga miró a Diana y a su hijo con una emoción que ella conocía bien, porque también estaba en sus ojos cada vez que miraba a su marido.

Diana se inclinó para darle un beso de bienvenida a Greymont. Por fin estaba lo bastante recuperada como para viajar y sabía que Nikos y Antoine la trataban como si fuese una delicada muñeca de porcelana. Ese cariño unía a los hermanos y Diana se alegraba. Tenían que compensar por tantos años de separación.

Y la alegría continuó cuando su *belle mére* y su cuñado regresaron a Normandía, porque volvieron a recibir invitados en Greymont, en aquella ocasión invitados de la realeza.

Cuando la princesa Fátima recibió la devolución del préstamo que le había hecho, pagado por Nikos, llamó inmediatamente para saber qué había ocurrido. Cuando Diana se lo contó, se mostró encantada. Quería verlo por sí misma, le dijo, y les honraría con su presencia para tomar el té prometido.

Y en la primavera, cuando el tiempo fuese perfecto en el Golfo Pérsico, debían ir a visitarla y pasar unos días en el nido de amor en el desierto.

–Allí es donde se enamoró de su marido –le había dicho–. Y rechazar la invitación sería una ofensa –le había advertido después.

Pero lo había dicho con una sonrisa de complicidad y Nikos aceptó la invitación con un brillo de humor en los ojos.

–Solo un loco rechazaría llevar a la mujer a la que ama al sitio donde las propias estrellas bendijeron su unión –había sido su respuesta.

La princesa había suspirado con romántica satisfacción mientas tomaba otro panecillo.